光文社文庫

にらみ

長岡弘樹

光　文　社

目次

餞別

1

サイドミラーから目を離し、徳永《とくなが》は静かに一つ息をついた。

ようやくシルバーのアリストがいなくなった。あの車がこちらのすぐ後ろに張り付いていたのは、時間にして五分、距離にすれば三キロほどか。乗っているのはT興業のヒットマン——そう確信しかけたところで、角を曲がり、住宅地の方へと姿を消していった。

視線を二段式のバックミラーに移す。

後部座席の伊豆田《いずた》が、細い足を小刻みに動かしていた。それがニコチンを欲するサインであることは、組に入った当初から気づいている。

伊豆田が足の動きを止めると同時に、徳永は黙って数を数え始めた。彼が貧乏揺すりを見せたあと、煙草《たばこ》を取り出して咥《くわ》えるまでの時間が何秒であるかも、だいぶ前から把握していた。

かっきり十を数えて体を捻《ひね》り、ライターの火を差し出した。案の定、この組長は薄い唇の端《はし》に、ちょうどジタンを引っ掛けたところだった。

伊豆田が火に向かって上体を少し傾ける。すると、車内に差し込んだネオンの光が、その額に浮いた老人性のシミを青白く照らし出した。

「そういえば、パチスロ依存症という病気があるらしいね」

言って、伊豆田は車窓へ目を向けた。

徳永もその視線を追った。差し込んできたネオンの光は、国道沿いに建ったパチンコ屋のものだった。横長の巨大なサインだ。「SLOT」の「O」は一部が点灯していないため「C」に化けている。

午後十時半だった。遅い時間だが、金曜日のせいか客足は悪くないようだ。隣市からも流れてくるせいだろう。日付をまたいだ時刻までパチンコ屋の営業が認められている地域は、県内でもこの一帯だけだ。

「その病気に罹《かか》ったら、ジャラジャラと金属が鳴る音を聞いたり、数字の7が三つ並んでいるのを見たりすると、何もかも放り出してパチンコ屋へ駆け込んでしまうそうじゃないか」

「ええ」体を捻ったまま徳永は頷《うなず》いた。「そういう話は、わたしも聞いたことがあります。

上下に動いているものがあると、ついつい目で追ってしまう、ともいいますね」

「ああ。困ったもんだ。そういう人間は、普段からだいぶ苦労するらしいよ。ドラム式の洗濯機は使わないようにするとか、その日に必要な分しか金をおろさないとか、まあ面倒くさいようだ。――なあ、坊や」

いきなり伊豆田は、持っていたステッキの先で、運転席のシートを後ろから一突きした。ハンドルを握る渋江《しぶえ》が、感電でもしたかのように体を震わせた。

「坊やの女房《バシタ》も同じだったのかい。ん？　やっぱり、毎日ＡＴＭに通ってちびちびおろしていたのかな？」

「……はい。そういうことも、していました」

「酷いもんだね。憐《あわ》れだ。女房の名前、何ていったっけ」

「亜紀《あき》です」

「いちおう仕事はしていたよね。理容師だったかな」

「美容師です」

「ちゃんと治療はしたのかい」

「精神科へ行って、カウンセリングを受けました」

「医者からは、何て言われたの」

「毎日体を動かしなさい、と言われました。それで、体操やヨガなんかをするようになりました。そのかいあってか、いまはどうにかパチンコ屋通いを我慢しているようです」

「ようです？　あ、そうか。坊や、亜紀ちゃんとはもう別れたんだっけね」

渋江は首をすくめるようにして頷いた。

「さよならしようって言い出したのは、どっちからだっけ。亜紀ちゃんから？　それとも坊やから？」

「わたしの方からです」

「うん、正解だよ。ぼくだって、連れ合いがパチンコやらパチスロやらの賭《か》け事なんぞにのめりこんだら、家から追い出してやるもの」

「おそれいります」

「しかしね」伊豆田はジタンの煙を運転席のヘッドレストに吹きかけた。「酷いといえば、やっぱりやくざの方が上じゃないかな。そのパチンコ屋から、たんまりショバ代を頂いているわけだからさ。坊やは、そうは思わないかい」

「……はい」

「はいっていうのは、どっち？　思うのか思わないのか、はっきりしなさい」

「……思います」

「だったら、子供《ガキ》を取られちまったとしても文句は言えないね。親権を亜紀ちゃんにやった家裁は正しいよ。女房の病気より旦那の職業の方が、そりゃあやっぱり問題だもの」

渋江の顔が強張《こわば》った。ええ、の返事が掠《かす》れ声になる。

やがて、車が踏み切りにさし掛かった。よくあるカンカン音とは異なり、プルル、プルルと変わった電子音が鳴る踏み切りだ。その珍しさから、ここは鉄道マニアがよく訪れる場所でもあった。

伊豆田がまたステッキで運転席を突いた。

「ところで、坊や、きみはこの街に流れ着いたとき、真っ先にここを訪れたらしいね」

「……はい」

「まあ、やくざだって人間だ。そりゃあ趣味の一つも持っているさ。しかし『鉄ちゃん』とはね」

吐き捨てるような口調だった。

伊豆田が若い衆を毛嫌いするのは昔からだった。三下《さんした》は特にいびられる。自分も組に入ったばかりの頃はいろいろとやられた。思い出したくもない。徳永はまたサイドミラーにT興業の車を捜し始めた。

「いっぱしのやくざなら、もっと風格というものを大事にしたらどうなの？　まあ徳永みたいに囲碁の段を持てとまでは言わないけどね」

「……申し訳ありません」

「ほう。本当に申し訳ないと思ったら、組の五箇条でも暗唱してみようかね」

「は、はい。――一つ、親孝行を怠ってはならない。一つ、勉学を怠ってはならない。一つ、身辺の整理を怠ってはならない。一つ、堅気《かたぎ》の衆に迷惑をかけてはならない。一つ……」

声が止まった。

徳永は視線を運転席にやった。渋江の目が泳いでいる。緊張のせいで、最後の一箇条を度忘れしてしまったようだ。

列車が通過し、遮断機が上がった。

だが、渋江は車を出さなかった。思い出すことに必死で、運転していることを忘れている。もっとも、後続車からクラクションを鳴らされることも、またなかった。黒塗りのシーマを急かす一般ドライバーはほとんどいない。

「行け」

助手席で軽く顎《あご》をしゃくってやる。渋江はようやく足をブレーキからアクセルへと移し替えた。

踏み切りを通過し、角を一つ曲がって大通りに出ると、前方に十二階建てのSビルが見えてきた。このときになってもまだ、渋江は最後の一つを口にできないでいた。

「どうしたの。早く答えなさい」

伊豆田はステッキの先端を、斜め後ろから渋江の側頭部へ押し付けた。

「たったの五箇条すら、そらで言えないってのは問題だね。そこまで気持ちがたるんだ組員には、ちょっとばかり仕置きをしておかないといけない」

　バックミラーの中で伊豆田の目が細くなる。

　渋江のこめかみに浮いた汗が、一滴、ゆっくりと顎の方まで流れ落ちるのを追いながら、徳永は声をかけた。「もっと前を見て運転しろよ」

「み、見てますけど……」

「馬鹿野郎っ、口答えするんじゃねえっ。もっと前を見ろって言ってんだっ」

「まあまあ、徳永」

　伊豆田がステッキの先端をこちらのヘッドレストへ向けてきた。

「いくら兄貴分だからって、道理の通らない難癖《なんくせ》はつけるもんじゃない。この新米坊やは、ちっともよそ見なんかしていなかったよ」

「すみません」徳永はバックミラーを介して目で詫《わ》びた。「こいつの転がし方が、どうも不安だったもんで」

「とにかく、きみは黙っていなさい。いまはわたしと坊やがサシで話をしているんだから」

　徳永がもう一度目を伏せたとき、

「……ク、クスリ」

渋江の口からそんな言葉が漏れた。

「何だって?」

眉《まゆ》をひそめた伊豆田は、右の耳を渋江の方へ向けた。左の方は、一度軽い脳梗塞をやったあとに、ほとんど聞こえなくなっている。

「喋《しゃべ》るときは、もっとはっきり発音しなさい。いつもそう言っているだろう」

「すみません。最後の一箇条は、クスリです。『一つ、薬物《クスリ》に手を出してはならない』です」

「ふん」つまらなそうに頷き、伊豆田はステッキの先を下ろした。「いいかい、坊や。どんなことを訊《き》かれても、すらすら答えられるようにしておくことが肝心だよ。弁が立たなきゃ、この業界ではやっていけないからね」

頷いてこめかみの汗を拭《ぬぐ》う渋江は、雨に濡れたネズミのようだった。

「幸い坊やには、向こう五年間ばかり、とても静かな時間が待っている。その間に、しっかり勉強を積んでおきなさい」

伊豆田はのんびりとした口調で言い、渋江が返事をするのを待たず「話は変わるけどさ」と、今度はやや早口で言葉を継いだ。その声がこちらへ向けられたものであることを察知し、徳永はまた背後に体を捻った。

「この街に、辻本《つじもと》がやって来たそうじゃないの。きみ、知っていたかい?」

「ええ。噂《うわさ》には聞いていました」

「大丈夫なの？　やっこさん、拳銃《ハジキ》を持っているらしいよ」

「それなりの備えはしてあります」

「まあ、きみ一人の揉《も》め事なんだから、きみ一人で片をつけなさい。いま、組には面倒を見てあげる余裕はないからね」

最近になって、また縄張り《シマ》争いが激化していた。伊豆田組の若衆頭《わかしゅうがしら》が、T興業の幹部をドスで襲撃したのは、三週間前のことだ。

「心得てます」

徳永はまたミラー越しに目を伏せた。

2

伊豆田を組事務所で降ろしたあと、徳永は再びシーマに乗り込んだ。

「ホテル」

渋江に行き先を指示し、上着のポケットから板ガムを一枚取り出す。口に放り込んだミントの味は、いつもより苦いような気がした。

一分も走らないうちに、Sビルがすぐ目の前に迫ってきた。一階から七階までは貸しオフィスが、八階から十二階まではビジネスホテルが入った建物だ。

この時間帯だから、七階から下はどの部屋も消灯されていた。その反対に、八階から上は、ところどころの窓に明かりが点《つ》いている。このホテル、回転率は悪くないようだ。設備が整っているわりに値段が安いからだろう。

Sビルの地下駐車場で車を降りると、徳永は包み紙の上にガムを吐き出した。軽く丸め、シーマのルーフ越しに渋江の方へ放り投げる。

渋江は、お手玉をしながらそれを捕まえたあと、車の後部を小走りに回り込んで近寄ってきた。

「兄貴、誰なんですか。辻本ってのは」

徳永はエレベーターに向かって歩き始めた。「てめえには関係のねえ話だ」

「教えてくださいよ、最後に」

最後か……。徳永は足を止めた。振り返り、渋江に向かって手の平を突き出す。

「知りたかったら、貸せ」

「何をですか」

「携帯だ。てめえのな」

渋江がシャツの襟へ手を差し入れた。胸元から幾輪かの八重桜が少し顔を覗《のぞ》かせる。花びらの形はどれも歪《ゆが》んでいた。いつも思うことだが、渋江に墨を入れた彫師はよっぽどの駆け出しか、そうでなければ絵心という言葉を一度も聞いたことがないに違いない。

長いストラップで首にかけていた携帯を、渋江はずるずると引っ張り出した。

「汚ねえな。ったく」

指先でつまむようにして受け取った端末は、長く渋江の素肌と密着していたせいで、薄《う》っすらと湿《しめ》り気《け》を帯びていた。

「すみません。でもこれ、おれたち下っ端の生命線ですよ」

「生命だ？　いっぱしの口をきくじゃねえか」

たしかに、兄貴分からの連絡に三コール以内で応答しなかった場合は、顔の何箇所かを腫らす羽目になる。だが、それだけのことだ。

「ついでに、そこを開けろ」

言って徳永は、シーマの後部トランクを目で指し示した。

渋江が言われたとおりにした。その手から車の鍵《かぎ》をひったくるようにして奪い、重ねて言った。

「覗いてみろ」

渋江が身を屈《かが》めた。徳永は彼のベルトをつかみ、小柄な体を持ち上げると、トランクのなかに放り込んで蓋《ふた》を閉めた。

「やめてくださいよっ、兄貴っ」

くぐもった声とともに、トランクが内側からどんどんと叩《たた》かれた。

無視して、徳永は渋江の携帯を開いた。待ち受け画面は哺乳瓶を咥えた赤ん坊だった。ベビー服の柄から女の子だと分かる。

録音されたデータがないか探ると、思ったとおり、目当ての音が記録されていた。それを確認してから、ついでに画像のフォルダを覗いてみる。そこには四十枚ほども写真が収められていた。被写体はどれも、待ち受け画面と同じ嬰児《えいじ》だった。

そのうちの何枚かには、二十七、八歳ぐらいの女も写っていた。亜紀だ。長い髪の毛を明るい紫色に染めている。撮影時、すでに依存症は始まっていたのか、カメラに向かって笑った顔には、どこか荒《すさ》んだ雰囲気が漂っていた。

育児ストレスというやつのせいなのかどうかは知らない。とにかく、彼女がパチンコ屋へ通いつめるようになったのは、娘を産んだ直後からのようだった。赤ん坊を車に乗せて店に駆け込み続けた亜紀は、渋江の稼いだ金のほとんどをスロットマシンに食わせてしまったらしい。

兄貴っ、開けてくださいっ。またトランクが叩かれた。

徳永は中腰になり、鍵穴に口を寄せた。「なあ、ちょうど、こんな感じなんだろ」

「何がですっ」

「だから、てめえの家がだよ」

亜紀の住むアパートは組事務所のすぐ裏手だ。離婚したあとも、渋江は、仕事の合間をぬって何度かそこを訪れているようだった。亜紀ではなく、娘の顔を見るためにだ。

しかし亜紀は、あんたには絶対に会わせない、と言い張り、決してドアを開けようとはしなかった。別れを切り出されたとき、彼女は激昂したと聞いている。その怒りがいまだに収まらないのだ。

「てめえも気づいているだろ」

「……何にですか」

「十一時。屋上」

その短い単語だけで、もちろん意味は通じた。ただし渋江の口から、ええ、の返事があるまでは、少し間があった。

この一週間、夜、ホテルの窓から外を見ていて気づいたことがある。亜紀は毎晩十一時ちょうどになると、住んでいるアパートの屋上にジャージを着て出てくるのだ。

「てめえの元女房、いったいあそこで何やってんだ」

ジャージ姿の亜紀はいつも、腰を落とし、ゆっくりと手足を左右に動かしていた。

「もしかして、ありゃあ太極拳か」

「ええ、そうです。やれって言われたんだと思います。医者から」

「それも治療法の一つってわけか。なるほどな。ところでよ、渋江。まだ少し時間があるぜ。今晩、もういっぺんだけ行ってみるか」

「どこへです？　亜紀のところへですか」

「ああ」

「お気持ちはありがたいですけど、いいですよ、もう。——兄貴っ、そんなことを言うためにおれをここに閉じ込めたんですか。辻本ってやつの話はどうなったんです」

徳永は渋江の携帯を閉じ、自分の懐《ふところ》へ収めた。

「辻本は、おれたちの同業者だ。おれは五年ぐらい前に、そいつと、ちょっとばかりいざこざを起こしちまってな。頭にきて、やつを丸十日間、こうやってトランクの中に閉じ込めてやったことがあるんだよ」

「じゃあ、それを根にもって……」

「ああ、ずっと長いこと息巻いていやがるのさ、おれの命《タマ》を取るってな。大した奴《やつ》じゃねえよ。拳銃《チャカ》の腕だけは、まあ一丁前だがな」

「だけど、筋者《すじもん》がそんな勝手な真似をしたら……」

「組が許さねえ、ってか。たしかにな。だけどよ、辻本にはその心配がねえんだ。やつは少し前に破門されて、いまは野良犬だ。路頭に迷った代わりに、好き勝手に動き回れるようになったってわけだ」

徳永はトランクを開けてやった。

上半身を起こし、駐車場の冷えた空気を目いっぱい吸い込む渋江の顔には、しかし、どこか残念そうな表情が見え隠れしていた。ここに閉じ込められたままでいたかった——それが、やはり本音なのかもしれない。これからの我が身を思えば無理もないことだ。

二人で地下駐車場からエレベーターに乗った。

「人間はどうなると思う？　いまみてえな狭い暗闇に、十日間も閉じ込められたらよ」

渋江に声をかけながら、徳永は壁に背中を押し付けた。背後に空間があると、どうにも落ち着かない。抗争の最中だろうが、そうでなかろうが、最近ではいつもこんな調子だ。

「さあ……。どうなるんですか」

「少しはここを」徳永は渋江の後頭部を指ではじいた。「働かせてみろ」

十二階のボタンを押した舎弟に、徳永はまた指を向けた。今度は額をはじいてやる。眉間《みけん》を押さえ、怪訝《けげん》な顔をこちらに向けた渋江に言った。

「おまえ、キーの閉じ込みをやらかしたろう」

「やってませんよ。シーマの鍵なら、兄貴が持ってるはずじゃないですか」

「誰が車だって言った。部屋の話をしてんだよ」

ホテルの部屋は、ドアがオートロック式になっている。出るときに鍵を携帯しなければ、室内に入れなくなってしまう仕組みだ。

「どうして分かったんです？」

「いま言ったばかりだろうが。ちっとはてめえの頭で物事を考えろ、ってよ」

渋江はしばらく眉根を寄せたあと、あっ、の形に口を開いた。

「電気ですね。おれの部屋の」

そのとおりだ。このホテルでは、各部屋の照明は、鍵についたタグを、入り口横のスロットに差し込めば、自動的にスイッチがオンになる。先ほど外から見たら、渋江が泊まっている1001号室は、明かりが点いたままになっていたのだ。

「まあ、点けっぱなしにしてやがるのは、おまえだけじゃねえけどな」

「どういう意味ですか。ほかに誰がいるんです?」

「何でもねえ。ただの独りごとだ。——とにかく、さっさとフロントに話をして、明かりを消してこい。それが済んだら、すぐにおれの部屋へ来な」

「はい」

「五箇条の四」

「え?」

「もういっぺん暗唱してみろ。五箇条の四番目を」

「……一つ、堅気の衆に迷惑をかけてはならない、ですか」

「分かってんなら、しっかり詫びを入れてこいよ。てめえのせいでホテルに無駄な電気代がかかっちまったんだからな」

はあ、と顎を突き出して渋江は洟《はな》をすすった。

最上階の十二階でエレベーターを降りた。ホテルのフロントはこのフロアにある。

「それからな、ついでに」フロントへ行かせる前に、徳永は渋江の手に一万円札を押し付けた。「1106号室が空いていたら、一泊分借りてこい」

「誰が泊まるんです？　おれたち以外に」

「よけいな質問をするんじゃねえ。言われたとおりにすりゃいいんだ」

「絶対に1106号室ですか。ほかの部屋じゃ駄目なんですか」

「絶対に1106号室だ。ほかの部屋じゃ駄目だ。空いていなかったらいい。どこも借りずに帰ってこい」

言い置いて、徳永は宿泊している1211号室へ向かった。

一つのフロアには二十四の客室が並んでいる。廊下を挟んで東西に十二部屋ずつだ。1211号室は、十二階の、南から数えて十一番目の部屋だった。前の二桁が建物の階数、次の二桁が端から数えた順番。そんなよくある規則に従って、部屋番号はつけられている。

徳永はドアを開けた。しかし、鍵のタグをスロットに差し込みはしなかった。

部屋を暗くしたまま、窓際に立ってみる。

まず、伊豆田組の事務所とその周辺に目を走らせた。

異常はないようだ。

このホテルからは、組事務所がよく見通せた。じきにT興業がお礼参りに来るはずだった。それを警戒し、伊豆田組の構成員は、二人一組になり、交代で客室から事務所の周囲を見張っていた。

渋江と逗留を始めてから五日になる。だが、まだ何の動きもなかった。

組事務所の裏手にあるアパートへ視線を移してみた。一階がコンビニになったその建物には亜紀が住んでいる。

十一時まで、あと十分ほど時間があった。だから屋上には、彼女の姿はまだ見当たらない。

カーテンを閉めた。スロットに鍵を差し込み、部屋の明かりを点ける。

申し訳程度に設《しつら》えられた小さな机は、折りたたみ式の碁盤に占拠されていた。

——一つ、身辺の整理を怠ってはならない、か。

内心で呟《つぶや》き、石を碁笥《ごけ》に戻し、盤を畳んでから、自分の携帯電話を開いた。登録しておいた番号の一つにかける。

《ホテル・エンデバーでございます》

「おたくの808号室に泊まっている客と話をしたいんだが。この電話を繋《つな》いでもらえるかい?」

《お待ちください》
　数秒後、相手が受話器を上げる音がした。だが返事はない。聞こえてくるのは、廃屋に吹き込む隙間《すきま》風のような息遣《いきづか》いだけだ。
「あんたがその部屋にいるのは承知している。しばらくだったな。しばらくすぎて日本語を忘れたか」
《誰だ》
　短い返事は、どこかもたついて歯切れが悪かった。誰でも寝起きの声はこんなふうになる。
「わざとらしい質問はなしにしようや。いまのあんたと話をしたがるやつは、この世に一人ぐらいしかいないだろう」
《……徳永、きさま》
「悪いな、眠っているところを邪魔しちまったみたいで。だけど、おれはてっきり、あんたが起きていると思ったぜ。外から見たら、部屋の明かりが点いていたもんでな」
　ここで渋江の携帯を片手に持ち、スイッチを押した。端末から流れ出した音に、声を被《かぶ》せるようにして続ける。
「呆《あき》れたね、まだ暗闇が怖いとはな。いつまでもそんな調子じゃあ、子供にだって笑われちまうよ。明日から、寝るときは、ちゃんと消しておきな。電力を無駄にしたって、いいことなんて一つもねえ」

そこまで言い、こちらから電話を切ると、徳永は再び窓際に移動し、今度はカーテンの隙間から真下に目を向け始めた。

3

渋江が戻ってきたのは、数分後のことだった。

「1106号室が空いていたので、借りてきました」

差し出された鍵を受け取り、徳永は、もう一方の手に渋江の携帯をかざしてみせた。

「これは当分、てめえには必要ねえな。おれが預かっておくぜ」

お願いします——その声は、渋江の口から一拍遅れで返ってきた。遅らせたものが何であるのかは、だいたい見当がついた。

「もう一度だけ見てえか？」

待ち受け画面を脳裏に描きながら、徳永は訊いた。

「いいえ、結構です。代わりに一つ訊いていいですか」

目で頷いた。

「何に使ったんですか、おれの携帯を」

徳永は、先ほど電話の最中に押したスイッチに再び指を当てた。流れ出したのは踏み切りの警報だった。ここへ来る前に車中から生《なま》でも耳にした電子音だ。

「これを使わせてもらった」

「兄貴、おれに何か隠してませんか」

「何をだ」

「辻本と決着をつけるつもりでしょう。やつにその音を聞かせて、外におびき出す。そんな肚《はら》づもりでいるんじゃないんですか」

この新米は、ときどき妙に勘が鋭くなる。

「お願いですから、危ないことはやめてください」

たしかに渋江の言ったとおりだが、いま窓から見下ろしても、誰一人として、この建物から出て行った者はいなかった。辻本は、耳にした警報を、録音されたものだと見破ったらしい。

「兄貴は、もうつかんでいるんですね。辻本の居場所を」

「まあな」

「いま、やつはどこにいるんです？」

「808号室だ」

「どこの808号室ですか」

部屋の床を指さすと、渋江の顔がかすかに色を失った。

「驚くことか？　おれとやつが同じホテルに泊まっていたとしても、偶然じゃねえだろうが。辻本はおれを狙《ねら》ってんだ。腰を落ち着けるとしたら、伊豆田組の事務所がよく見張れる場所にするのが当然だぜ」

「そりゃそうですけど、やっぱり、まずいですよ。チャカ持ちの相手が、こんなに近くにいるなんて。早く逃げてください」

「慌てるな。あっちはこっちの居場所に気づいちゃいねえ。まさか同じホテルにいるとは思わず、朝から晩まで組事務所の周りに目ん玉を張り付けているだけだ。——さて、本題に入るぜ」

徳永は部屋のセーフティボックスを開けた。

そこから取り出したのは、新聞紙の包みだった。

新聞紙を取り去り、くるまれていたものを裸にした。それは長ドスだった。ただし、刃を半分に切り、柄の部分も短く加工してある。だからそれほど重くはない。もっとも、これが、T興業幹部の脇腹を抉《えぐ》った凶器であることに思いを至らせれば、持った以上の手応えは、たしかにあった。

刃の部分をハンカチ越しにつまみ、柄を渋江に差し出すと、彼はそれを強く握った。

「覚悟はできてんだろうな」

「大丈夫です」

「おれは不安だぜ。寄《よ》せ場《ば》は、お世辞にも楽とは言えねえ。部屋は寒いし、飯はまずいしで、冗談抜きにつれえところだぞ。親父もさっき言ったが、まず五年は食らう。てめえには、とてももつとまりゃしねえだろうな」

渋江は瞬《まばた》きを繰り返し、喉仏《のどぼとけ》を大きく動かした。

「おれはよ、十万賭けてんだ。出てくる前に、てめえが房の梁《はり》で首を括《くく》っちまう方にな。――一つだけアドバイスしてやる。聞きてえか」

お願いします、の声は、荒くなった鼻息のせいで半分かき消されていた。

「入るまえに、気持ちの支えになるようなことを、何かてめえの体に刻んでおくこった。これがあるからおれは生きていける――そんな何かをよ。それを持ってさえいりゃあ、気持ちが折れそうになっても、ぎりぎりのところで踏ん張りがきく」

徳永は上着のポケットを指で探った。だが、そこにガムはもう一枚も入っていなかった。

「まあ、いまごろそんなことを言っても遅《おせ》えけどな」

渋江が若衆頭の身代わりで警察に出頭するのは、いまから約三十分後、午後十一時半の予定だ。伊豆田の命令だから、これは変えられない。

「どれ、ぼつぼつ行くか」

警察署の近くまでは、徳永が車に乗せていく手筈《てはず》になっている。

「兄貴」渋江がすっと手を差し出してきた。「まだもらってません」

「何をだ」

「餞別《せんべつ》です。ください、あの亀を」

組織のために身代わりで刑務所へ入る構成員には、警察に出頭する前、兄貴分がお守りを渡す。伊豆田組にそんな習慣ができたのはいつのことなのか定かではない。だが、渋江に亀の根付《ねつけ》を手渡す約束をしたことは確かだった。柘植《つげ》の木で彫られた、魔よけの小さな亀だ。以前、いまの渋江同様、自分もまた組を背負って服役したことがある。その前に当時の兄貴分から渡されたものだった。

「持ってねえよ」

徳永は渋江の手を払いのけた。

「どういう意味ですか」

「いつから耳が聞こえなくなった？　持ってねえんだ。家《ヤサ》に忘れてきちまったよ。ここんところ忙しくてな、てめえのような下っ端との約束なんざ、いちいち守っちゃいられねえのよ」

その場に立ち尽くした渋江の背中を肘《ひじ》で突き、部屋から出るように促《うなが》した。

ドアを閉め、徳永は舌打ちをした。

「おれもやっちまった」

1211号室の鍵は室内に置いたままだった。

渋江が何か言うかと思い、言葉を待ったが、その気配はなかった。

「渋江、おれにはちょっと用事がある。てめえは、あそこのコンビニで、ガムでも買って待ってろ。いつものシュガーレスでいい」

やはり無言のまま一礼して渋江が去ると、徳永は階段で十一階へ降りた。新しく借りた1106号室のドアを開け、室内の電話から808号室へ内線をかける。

「今度は『おはよう』ぐらい言ってもらえるか？」

《きさま、ここにいやがるのか》

このホテルでは、客室間の通話である場合、電話機に点灯するランプの位置で、すぐにそれと分かるようになっている。

「ああ。――あんた、チャカ持ってんだってな」

無言であることが、いまの質問を肯定していた。

「トカレフか？　それともコルトか？　見せてくれよ」

《さっきは幼稚な真似をしやがって。きさまの方こそガキの笑いもんだろうが。恥ずかしくねえのか》

「おあいこだよ。ところであんた、もっと笑えるものを見たくないか？」

徳永は腕時計に目をやった。ちょうど午後十一時だった。

「見たかったら、部屋の窓から下を覗いているといい。じき現れる」

そう言い置き、電話を切ると、スロットから鍵を抜き取る手間を省いて、徳永は部屋をあとにした。

階段を駆け下りる。最後の踊り場に降り立ったとき、ポケットの中で亀の根付につけた鈴が鳴った。

建物から出て、Sビルの真下に立った。

見上げると、建物の八階、808号室の明かりの前で人影が動いた。ひょろ長い人影だった。辻本の体は、五年前よりもさらに細くなっている。野良犬。その形容は的外れではなかったようだ。

やがて部屋の照明が消えた。拳銃の銃口がこちらを狙っているのが、遠目にも良く分かった。

徳永は身を翻《ひるがえ》し、その場から立ち去ろうとした。だが、体を反転させるよりも、脇腹のあたりにやけに熱い衝撃を覚えた方が、少しだけ早かった。

4

「ここでいい。停めろ」

刑務所の裏門を少し過ぎたあたりで、運転席の遠藤《えんどう》に命じた。

長い煉瓦塀《れんがべい》に目を向けたまましばらく待っていると、錆《さ》びだらけの鉄扉《てっぴ》が開き、刑務官に付き添われた渋江が出てきた。

遠藤が素早く車から降りた。後部座席のドアを開け、その姿勢で頭を下げ続ける。キックの要領でさりげなく足を動かしたのは、邪魔な石ころを蹴《け》り飛ばしたからか。二年前に組の下駄《げた》を履いたこの若い衆は、フットワークが悪くない。

面識のない舎弟の肩を一つ叩き、渋江が隣に乗り込んできた。

「朝飯を食ってきたか」

訊いて徳永は、渋江の姿に正面から目を向けた。着ている服も、それに染み付いた匂いも五年前と同じだった。頭髪が短く刈り込まれている点も当時のままだ。しかし、そこに散見される白髪《しらが》だけは以前にはなかったものだ。

「いいえ。まだです。何か軽いものをご馳走してもらえますか」

頷き、運転席に戻った遠藤に車を出すよう命じた。

「ったく、十万円スッちまったじゃねえかよ。生きて出てきやがって」

「たしかにこの寄せ場じゃあ、兄貴がおっしゃったように、しんどいことばかりでした。でも、ワッパを食らう前に、これも兄貴のお言葉どおり、気持ちの支えになるものを目に焼き付けておきましたんで、なんとかやっていけました」

「ほう。何だ、それは」

「娘の顔です。あの晩、コンビニでガムを買って待っていたら、上のアパートから、亜紀のやつが降りてきましてね、赤ん坊を抱いて。さっさと車に乗って、どっかに出かけちまいましたが、娘の寝顔だけは、この目でしっかり見ることができました」

「良かったじゃねえか。まあ、いくらてめえだって、善行の一つぐらいは、したことがあるだろうからな」

「ちゃんとお天道《てんと》さんが見ていたってわけですか。それを言うなら兄貴もでしょう。ご無事で何よりでした」

ああ、と徳永は軽く手を振ってみせた。

「悪かったな、サツまで送ってやれなくてよ。撃たれる前にトンズラするつもりだったが、辻本の野郎、チャカの腕前をさらに上げていやがった」

「無茶しましたね。阿呆《あほ》ぬかせ。兄貴の方から敢《あ》えて撃たれに出て行った、と聞いていますよ」

「無茶だ? 阿呆ぬかせ。ビルの八階といやあ、普通、チャカの弾が当たる距離じゃねえだろが。——何にしても覚えておけ。防弾チョッキってのは役に立たねえぜ。食らったのは一発だけだ。そのくせ肋骨が三本も折れちまうんだからよ」

「どうなりました、辻本は」

「今日もどこかでおつとめ中だ。てめえの倍も刑期を頂戴《ちょうだい》してな」

小さく頷いて渋江は、しばらく車窓から県道沿いの水田へと目を向けていた。思い出したように声をあげたのは、少ししてからだった。

「兄貴、頼んだもの、持ってきてくださいましたか」

「忘れるかよ」

徳永は脇に置いておいたバッグを引き寄せ、ファスナーを開けた。まず携帯電話を渋江に手渡す。そのあとで、折りたたみ式の碁盤と、そして碁笥を取り出した。

「ここでやるか？　さっそく」

「ええ。お願いします」

尻を斜めにずらすと、渋江もそれに倣《なら》った。

空いたスペースに碁盤を置き、渋江の方へ黒石の入った碁笥を押しやる。そして自分は白石のそれを開けた。

「まあ、これはやるだけ無駄な勝負だな。寄せ場仕込みの腕前じゃあ、逆立ちしたって段持ちには勝てねえよ。――待て、何してんだ」

見ると、渋江は黒の石を何個も手でつかみ取り、碁盤の上にでたらめに並べていくところだった。

「兄貴、おれ、ムショに入ってからしばらく何をしていたと思います」

「知るかよ。そんなことより、さっさとこの石をどけねえか」

「考えていたんですよ、理由を。あのタイミングでいきなり亜紀が出てきた理由を。おれは神様や奇跡ってものは信じません。だから、あのとき娘の顔を見られたことには、絶対に何か理由があるはずだと思って、ずっと考えていました」

徳永はいったん渋江の方から身を引き、上着のポケットに手を入れた。

「考えたことは、もっとあります。兄貴はなぜ、用もないのにもう一つの部屋――1106号室を借りたのか。振り返ってみれば、この理由もはっきりしないままでした」

上着に入れた手が、板ガムをつかみ損ねた。

「はっきりしないといえば、兄貴の行動もそうです。どうしてわざわざ撃たれるような真似をしたんですか」

「ほっとけ。おれと辻本だけの話だ」

「それがそうとも言い切れませんで。兄貴を病院に運んだ舎弟から聞きましたが、兄貴のポケットにはちゃんと亀の根付が入っていたそうじゃないですか」

ようやくガムを一枚引っ張り出して口に入れた。

「なのに、持っていないと嘘《うそ》を言った。なぜですか。どうしておれに渡してくれなかったんです？」

「てめえがまずい飯を食ってきたのは、学者になるためか」

「おそらく兄貴は、約束どおり、それをおれにくれるつもりだった。でも、あの日、直前になって、たまたまほかの餞別を見つけた。そういうことですね」

何だよ、ほかの餞別ってのは——そう目で問いかけながら嚙《か》んだガムは、五年前よりも、さらに苦い味がした。

「すべては」渋江は携帯電話を開き、待ち受け画面をこちらに示してみせた。「このためだったんじゃないですか」

何か言い返そうと開いた口を、だが徳永はつぐむしかなかった。一足先に、渋江が顔を運転席の方へ向けてしまったからだ。

「坊や、名前は」

「遠藤です」

「歳はいくつだい」

「二十四になります」

「なら、あんときのおれと同じだ」

「あんとき」の意味を測《はか》ろうとしてだろう、遠藤がバックミラーのなかで瞳を素早く動かす。

すると渋江はすっと息を吸い込み、

「もっと前を見て運転しろっ」

大声でそう怒鳴った。

突然の出来事に、遠藤の両肩がびくんと持ち上がった。

「――って、いきなり言われたら」渋江は口調を元のとおり穏やかにし、遠い記憶を探るように少し目を細くした「坊やはどうする？　ちゃんと前を見ていたのに、いきなりそんな難癖をつけられたら？」

「もっと前を見て……」

独り言のように呟き、遠藤はフロントガラスに向けていた目線をやや上に持っていく。

そうしてしばらく間を置いたのち、「もしかして」と彼は言葉を継いだ。「もしかして、『もっと前』というのは、道路や車という意味ではなくて……」

「なくて、何だ？」

「その前に広がっている町並みとか、建っているビルなどを指すのではありませんか」

「へえ。坊や、いや遠藤。おまえはきっと出世するぜ。頭の廻《まわ》りが速い。おれは同じ言葉を二回言われるまで、まったく訳が分からなかったよ」

渋江はこちらへ向き直った。

「そう、建物でした。組の五箇条を度忘れして、えらく困ったとき、あのヒントを兄貴からもらったおかげで、おれは組長からあれ以上いびられずに済みました」

渋江が手を伸ばしてきた。こちらの碁笥から白石をつかむと、今度はそれを碁盤に並べ始めた。

Sビル略図

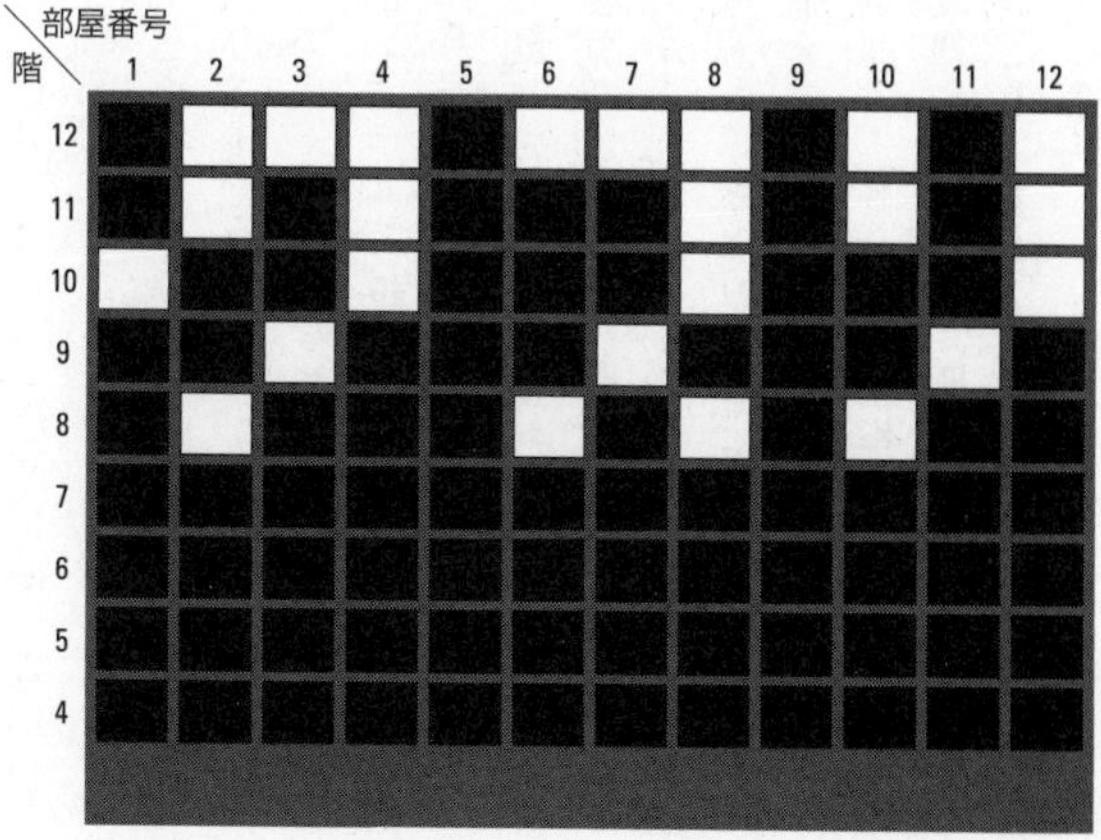

「あのとき、おれの『もっと前』にあったのはSビルです。その壁に——八階から十二階までのホテル部分に——答えがちゃんと書いてありました。泊まっている客が点けた窓の明かりで」

渋江が碁盤に白石を並べ終えた。それは、先に置かれた黒石と相俟《あいま》って、こんな模様を作っていた（上図参照）。

「問題はそのあとです。組長を降ろしてから、ホテルに戻りましたよね。そして、おれは点けっぱなしにしていた自分の部屋の明かりを消した。兄貴の命令で、です」

渋江は、1001号室に相当する場所に置いた白い碁石を、黒に変えた。

「これだけじゃありません。兄貴には、もう一つ明かりを消したい部屋があった。ここです」

渋江は808号室の場所に置いた白石をつまんだ。

「この部屋にいた辻本は、兄貴のせいで暗闇を恐れるようになっていました。だから常に電気を点けっぱなしにしていた。そこで兄貴は、踏み切りの音を使ってやつをその場所までおびき出そうとした」

「てめえ、囲碁をなめてんのか。真面目に打つ気がねえなら、石をしまえ」

「あのホテルでは、施錠と照明が鍵で連動していました。つまり、客を部屋から出せれば、明かりを消すこともできるわけです。ところが辻本はその手にはひっかからず、室内に留まり続けた」

渋江の顔を睨《にら》みつけながら、すでに味が失せたガムをやみくもに噛んだ。

「だから兄貴は、やむをえず辻本の前に出ていったんです。いくら暗闇恐怖症とはいえ、人を窓から撃とうってときには、さすがに誰でも電気を消しますよ。こうして辻本の部屋も暗くすることができました」

渋江は、808号室に当たる石も白から黒に交換した。

「反対に兄貴には、照明を点けたままにしておきたい部屋もあった。まず、自分が泊まっていた1211号室です。だから、おれと一緒に部屋から出たとき、わざと鍵を閉じ込みしたんです」

「遠藤っ」徳永はガムを包み紙の上に吐き出した。「さっさとどこかの店に入れ。腹が減ってしょうがねえ」

「あとの一つは1106号室です。この部屋を借りたのは、部屋の電気を点けるためでした。たぶん兄貴は、ここでも同じように、鍵をスロットに入れっぱなしにしておいたはずです」

いまの言葉に合わせ、渋江は、明かりが点いた部屋を白の石に置き換えた。

「こうして兄貴は『クスリ』を別のサインに作り変えた。誰に見せるためかは言うまでもないでしょう。アパートの屋上からこれを目にした彼女は、もうたまらず車で出かけるしかなかった。どこへ？　これも分かりきったことです」

指先に生温《なまぬる》い感触があった。気がつくと、丸めたガムの包み紙を握りつぶしていた。

「兄貴、とんでもないことをしてくれましたね。酷いですよ、人の病気を再発させちまうなんて。だけど、まあいいでしょう。彼女が出かけたのは、あの一回きりだったという話ですから」

「いい加減に黙らねえか。空きっ腹にひびくだろうがよ」

腕を組み、徳永は瞼《まぶた》を閉じた。碁盤の上で小刻みに揺れる石が、どれも朝日を鈍く照り返し、少し目障《めざわ》りだったせいだ。

遺品の迷い

1

六匹。それが座布団をめくったときに出てきた蛆虫《うじむし》の数だった。

まだ孵化《ふか》したばかりらしい。大きさはどれも米粒を少し引き伸ばした程度だ。明日から十月だというのに、現在の気温は三十度に近い。米粒たちの動きがバネ仕掛けの玩具《おもちゃ》を思わせるほど活発なのは、この暑さに原因があるのだろう。

飯島月也《いいじまつきや》は軍手を外した。波打つように弾む白い幼虫を次々に拾っていく。

六匹全部を手の平に載せてから、虫用の回収箱を持っていなかったことに気がついた。外のトラックまで取りに行かなければならない。

自分だけに聞こえるように舌打ちをし、腰を上げかけたときだった。

すっと背後から誰かの手が伸びてきた。そこにはプラスチックの小箱が握られていた。

欲しかった回収箱だ。透明なプラスチックを通して見ると、箱の内部では、先客の蛆が何匹か蠢《うごめ》いている。

この手が誰のものであるかは、わざわざ振り返らなくても分かった。手首に珊瑚《さんご》の数珠《じゅず》を巻いているのは、十人いる社員のうち飯島敏成《としなり》だけだ。

「ありがとうございます」

六匹の蛆を箱に放り込みながら、首を捻《ひね》って敏成を見ると、今日も彼の顔色はよくなかった。額に浮いた汗は玉になっている。

月也はウエストポーチに手を入れ、そこから真新しいタオルを取り出した。

「これ使ってください、親父」

敏成は受け取らなかった。代わりに、普段は温和な眼差しに、さっと牽制《けんせい》の色を浮かべる。

「あ、いえ。社長」

訂正して言い直すと、敏成の手がようやくタオルをつかんだ。

他人の目がある場所では敬語を使うこと、かつ「親父」の呼称は禁止――五年前から言い渡されている掟《おきて》だが、疲れが溜まってくると、ときどきどちらか一方が疎《おろそ》かになってしまう。

敏成はいつものように、タオルを丸め、ぽんぽんと額に押し当てるようにして汗を拭《ふ》き取った。

月也は、蛆虫の隠れ家になっていた座布団を、ビニールで包んだ。それを段ボール箱に入れ、次の座布団をめくると、こちらをねぐらにしていたのは蛆ではなくハサミムシだった。

同じように素手で拾い始めたところ、今度は黒い靴下が視界に入り込んだ。見上げると、そこに立っていたのは四十がらみの大柄な男だった。

「ね、お兄さん、よくそんなの素手で触《さわ》れるね」

その男、関口《せきぐち》は鼻の付け根に皺《しわ》を作り、露骨に嫌そうな顔をした。

「ええ、慣れてますから」

早口で応じ、目を元に戻すと、捕まえようとしていたハサミムシはもうどこかへ消えていた。

探そうにも、目の前に立ちはだかった関口の太い足が邪魔でしょうがない。

困った依頼者だ。

死臭をものともせずに、作業開始のときからずっと見学しているところをみると、かなり好奇心が旺盛らしい。それは別にかまわないが、できればあちこち動き回らずに一箇所でおとなしくしていてほしい。

「ね。毒は持ってないの、いまの虫」

太い足が目障《めざわ》りなら、甲高《かんだか》い声も耳障りだった。

——うちの親父がね、死んじゃったのよ、独居先のアパートで。孤独死ってやつ。で、遺品をさ、処分してくんないかな。全部。要らないから。

一昨日《おととい》の晩、この関口がかけてよこした電話を受けたとき、きんきんと響く声の調子からもっと小柄な人物を想像していた。だがこうして現場に来てみると、そこで待っていた依頼者はずいぶんと体格のいい男だった。だから現場を間違えてしまったかと思ったぐらいだ。

「毒は持っていませんよ」苛立《いらだ》ちを外に出さないよう注意しながら答えた。「ただのハサミムシですから」

「じゃあ、ね、そっちの幼虫は何？　ハサミムシの子供なの？」

煙草《たばこ》を咥《くわ》えながらしつこく訊《き》いてくる関口の顔に向かって、蛆を入れた箱を彼の目の高さに掲げてみせた。

「これはヒロズキンですね」

「え？」

「黒蠅《くろばえ》の一種です。ヒロズキンバエ。その幼虫ですよ」

遺体のあった現場には虫がつきものだ。この仕事を続けていれば、いずれは昆虫学者になれるかもしれない。

座布団を片付けたあと、ブラウン管テレビを撤去しにかかった。するとテレビの裏側に、小さな額縁が埃《ほこり》まみれになって落ちているのを見つけた。額縁には写真が入っている。

写っているのは中年の男だった。若いころの故人だろう。この写真で見るかぎり、関口の父親は、宮大工だったようだ。寺社をバックに、ヘルメットの顎紐《あごひも》をきちっと結んだ姿で煙草を吸っている。親指と人差し指でショートホープをつまむ仕草が粋といえば粋だ。

「この写真は、どうしますか」

「要らない」関口もまた百円ライターで自分の煙草に火をつけた。「ゴミと一緒に処分してくれる？　親父の写真だったら家にもっとあるからさ」

「やっぱり親子ですね。そっくりです」

「何が？」

「これですよ」

月也が、親指と人差し指で煙草をつまむ真似をしてみせると、同じ仕草で喫煙していた関口は、苦いものを食べたような顔で笑った。

「長いこと、お父様とご一緒に暮らしておられたんですね」

「一緒に？　まさか。んなわけない。この馬鹿親父はね、ぼくがまだガキんときに、勝手に家を捨てて、どっかに出て行きやがったんだから」

すると、仕草が似たのは、血の繋《つな》がりのなせる業《わざ》ということか。

月也はテレビを片付け、続いて箪笥《たんす》の撤去に取り掛かった。抽斗《ひきだし》の一つを空にしようとしたとき、今度はそこから年賀状の束が出てきた。

ぱらぱらとめくってみると、故人が息子宛てに出そうとしたものもあった。

「これも処分してしまっていいんですか」

その束を持って、念のため、もう一度関口に訊《たず》ねてみる。書簡の類《たぐい》は形見として取っておきたい。そう願う遺族は多い。

「ああ。全部どっかで焼いちまってよ」

「ですが、息子さん宛てのものもありましたよ」

「息子って、ぼくのこと？」

「ええ。お書きになられたものの、投函《とうかん》はされなかったようですね」

「ふうん。だとしても、欲しくはないね」

「差し出がましいようですが」横から静かに口を添えたのは敏成だった。「この仕事をしていますと、だんだん遺品の声が聞こえるようになってまいります」

「……そんなもんだろうね」

「そのお葉書が、何と言っているかお分かりでしょうか」

「さあね」

「何も言ってはおりません。ただ黙って、静かに泣いています」

関口は渋い顔で、煙草を携帯用の灰皿で揉《も》み消した。

「保管されることをお勧めします。遺品にも家族はありますから」

丸めたタオルを額に押し当てながらそう言った敏成の前で、関口はしばらく迷う素振りを見せたあと、小さく頷《うなず》き、自分に宛てられた年賀状だけは受け取った。

月也は、ほかの年賀状を処分用の段ボール箱に入れ、部屋の外に出た。すると、いくらも歩かないうちに体がよろけた。このところ働き詰めで足腰がかなり疲れている。

「ほら」敏成が後ろから軽く背中を叩《たた》いてきた。「ぼやぼやすんな。日が暮れるぞ」

「親父、どう考えたって、うちの会社、人手が足りないって」

「若いやつの言う台詞《せりふ》じゃないいな」

「あの話はどうなったんだよ。新人の件は」

「来るよ。明日だ」

「じゃあいいけど。ずいぶん時間がかかったな」

――近いうちにもう一人雇うつもりだ。

そう敏成が最初に言ったのは、もう一か月以上も前だ。

「すまん、交渉に手間取っていた」

「交渉ね。凄《すご》いな。そんなものが必要な相手かよ」

この業界では、ヘッドハンティングなどといった言葉は、ほとんど聞かない。どんな逸材なのかと皮肉の一つも言いたくなる。

最後の段ボール箱を搬出したあと、表札を撤去し、ドアの郵便受けにガムテープを張って作業が完了した。

関口は今回の料金二十五万円を現金で支払った。敏成が領収書を取りにトラックの方へ戻っていく。

「お兄さん、ご苦労だったね」

アパートの廊下で二人きりになると関口が寄ってきた。手に何かを持っている。

「汗だくだよ。よかったら、これ使って」

関口が渡してきたものは、手拭《てぬぐ》いタオルだった。鄙《ひな》びた温泉の名前でも入っていそうな安物だが、ありがたい。

礼を言って受け取り、早速それで顔を拭いた。

「飯島月也さんに飯島敏成さん。苗字が同じだね、あんた方」

空いた関口の手には、いつの間にか、今日の仕事を始める前にこちらが渡した名刺が握られていた。隅の方に『飯島ワークス』の社章が浮き彫りにされた二枚のそれを交互に見比べながら、関口は続けて言った。

「ってことは、親子なんだよね」

「はい」

「だけど、おかしいな」

関口はポケットからハンカチを取り出すと、器用に丸め、自分の額にぽんぽんと押し当てた。

「これが、親父さんのタオルの使い方だ。でも、お兄さん、あんたはいまこうしてる」

丸めていたハンカチを広げた関口は、それを再び額にあて、今度はごしごしとこするようにして上下に動かした。

「仕草がまるで違うね。変じゃないか。親子なら似るもんだろ。どうしてだい？」

2

もう午前八時を十五分も過ぎているが、事務所はまだ無人だった。十人いるほかの社員はいつも始業時間の八時三十分にならないと出勤してこない。

月也は、自分の机に着き、抽斗の鍵《かぎ》を開けた。そこから小さなビニール袋を取り出す。袋のなかに入っているのは一枚の千円札だ。

その千円札をコピー機に置いて、スタートボタンを押したところで、事務室のドアが開いた。

入ってきたのは面識のない男だった。だが『飯島ワークス』と文字が入った作業服を着ている。ネームプレートも着けていて、そこには「羽野《はの》」とあった。

「もしかして、新入社員の方ですか」

昨日、敏成から聞いた言葉を思い出しつつ訊ねた。

「え……。はい……」

羽野というらしき男の声はやけにか細く、枯れ枝が喋《しゃべ》ったようだった。

それにしても意外だった。羽野の年齢がだ。どう見ても六十前後なのだ。肉体労働の職場なのだから、新入社員というからには、もっと若い男を想像していたのだが。

「空いている席に座って待っていてください。もうしばらくすると社長が来ますんで」

「……ええ」

羽野が腰を下ろすと、コピー機が複製された千円札を吐き出した。

「まずいところを見られてしまいましたね。念のために言っておきますけど、おれ、偽札を作っているわけじゃありませんから。――ほら、この札を見てください。文字が書いてあるでしょ」

紙幣の中央、透かしの部分に書かれた文字は、

【月也です。月ようび生れ。おゆるしください】

と読めた。

二十三年前、生まれたばかりの自分が、お包《くる》みの襟に挟んでいたというこの紙幣自体は、

ほとんど劣化していない。だがボールペンで記された男文字は、いくぶんかすれ始めているように思える。

「札じゃなくて、この文字をコピーしたかったわけです。原本が傷《いた》まないようにね。どうか勘違いしないでくださいよ」

羽野は黙って頷いたあと、ポケットティッシュで洟《はな》をかんだ。

その様子を横目に、月也は窓際に行った。いまコピーした紙を、東向きのガラス窓に押し付ける。

──路駐の取り締まりは厳しいけどな、やっぱ道端にはトラックを停めてみるもんだ。

ふいに思い起こされたのは、かつて笑いながら敏成が口にした言葉だった。

──仕事の途中で荷台を見てみりゃ、誰が置いたか知らないが、もらって嬉しい夏目漱石。おまけに赤ちゃんまでついてきた。

窓ガラスに押し付けた千円札の上から、一枚の葉書を重ねた。昨日引き取ってきた、関口の亡父が受け取っていた年賀状。そのうちの一枚だ。差出人は、故人の同級生のようだった。

【今年もよろしく】

ありきたりの文面にある「よ」「し」「く」。気になったのは、その三文字だ。

【月也です。月ようび生れ。おゆるしください】。そこに含まれた「よ」「し」「く」と筆跡が、かなり似ているような気がする。

もしも一致しているようなら、この年賀状を出した人物を洗ってみなければならない。二つの紙を重ね、朝の陽光を利用し、文字の一致度を調べてみると、どの文字もトメやハネの癖がたしかに似ていた。だが、「く」の曲がり具合だけはやや違っているようだった。二つの筆跡は別人の手になるもの。そう判断するしかなかった。

いつの間にか午前八時半の始業時間が近づいていた。

社員たちが次々に出社してきたあと、敏成も入ってきて朝礼が始まった。

敏成は社長席の前で羽野と並んで立った。

「今日からここで働いてもらうことになった羽野幸明《ゆきあき》さんだ」

「当年とって六十になりますが、体は丈夫です。よろしくお願いします」

二人きりのときは俯《うつむ》きがちだった羽野だが、このときはしっかりと前を向いて挨拶をした。

朝礼が終わると、月也は敏成に呼ばれ、小声で耳打ちされた。

「おまえが羽野の教育係だ」

「……分かりました」

「それから羽野は社員寮に入るから、そっちの方でも、いろいろ教えてやってくれ」

「はい」

寮か。この社屋のすぐ隣に建っている敏成の自宅には、空き部屋が三つしかない。加えて、いま住んでいるのが自分たち親子の二名だけである点を考えれば、「社員寮」との呼称はいささか強引にすぎるだろう。

しばらくは在庫品の整理をしてもらえ。そう敏成に命じられ、月也はまず、羽野を社屋の一階にある倉庫へ連れていくことにした。

自己紹介をしたのは、階段を下りる途中でのことだった。

「おれは飯島月也といいます。ムーンの月に、ナリの也です。妙な名前でしょう。月曜日に生まれたからですよ。そのときはたぶん月も出ていたんじゃないかな。ま、あとの方は勝手な想像ですけど」

そこまで言ったとき、背中に強い視線を感じた。

階段の踊り場で、ガラス窓の反射を利用し、背後の様子を探ってみる。

案の定、羽野は大きく見開いた目で、こちらのうなじあたりを凝視していた。

「羽野さんは、この町の出身ですか」

訊ねながら振り返ると、羽野は慌てて目をそらした。

「あ、はい」

「以前のお仕事は何を？」

「飲食店に勤めていました」

二人で倉庫に入った。

箪笥、カラーボックス、椅子、テーブル、マットレス、布団……。十メートル四方ほどしかない狭い倉庫には、現場から回収してきた遺品が、種類別にきちっと分けられ、だがかなり乱雑に積み置かれている。

いつ来ても思うことだが、ここは、驚くほど艶《つや》というものを失った場所だった。磨いても磨いても、薄《う》っすらと埃を被《かぶ》っているように見えてしまう。それが遺品の特徴だ。

「遺品整理の仕事とは、要するに不用品の撤去です。まず依頼者に、形見と貴重品を選り分けてもらい、引き取ってもらいます。残った品物を、我々が持ち帰るわけです。ただこういう遺品もあります」

月也は、近くにあった段ボール箱のなかから、小学生が描いた絵を持ち出し、羽野に見せた。

「これは、ある依頼者が子供のときに描いた絵です。それを、依頼者の親である故人が、ずっと押入れにしまっていたんです。依頼者はこれを『要らない』と言いました。でも、おれの判断で、捨てずにこうして保管してあります」

「なぜですか」

「もちろん依頼者に持っていてもらいたいからです。おれはこの依頼者に、定期的に電話をしたり、手紙を書いたりしています。引き取ってもらえるまで、そうするつもりです」

この依頼者に限らず、当社では同じようなケースをいくつか抱えています、と説明してから、絵を段ボール箱のなかに戻した。

「要らないと言ってるんだから、処分しちまえばいい。そう思うでしょう」

「ええ」

朝礼ではしっかりと挨拶した羽野だが、二人だけになったいま、また俯きがちになっている。内気なのかそうでないのか、よく分からない男だ。

「おれも最初はそう思いました。でも社長がこだわっているんです。『遺品にだって家族がある』――それが社長の口癖なんです」

羽野が瞬《まばた》きを繰り返した。それまで反応らしい反応を見せてこなかった彼だが、いまの言葉にだけは感じ入ったようだった。

「では、依頼者に返したいもの以外は、全て廃棄するのでしょうか」

「ええ。ほとんどは捨てます。でも、リサイクルして使えそうな家具なら、買い取って転売しています」

「売れますか」

「いいえ。やっぱり持ち主が死亡していますから。こうなると買い手がなかなかつきません。結局ほかの転売業者に買い取られて、たいていは東南アジアのあたりへ流れていきます」

「仕事の依頼は、けっこうあるんでしょうか」

「需要は絶え間なくありますよ。いま、六十五歳以上の独り暮らしは、六百万世帯を超えているそうですからね。――とはいっても、その分、この仕事に新しく参入してくる業者もまた後を絶ちません。そんなわけで、いまはパイの奪い合いってところですね」

少し前までなら、依頼が多すぎて捌《さば》ききれず、やむなく他の業者を紹介する、というケースもあった。だがいまでは、こちらから広告を出して積極的に営業しないと仕事が取れない状態だ。そう羽野に教えてから、月也は手近にあった座布団に手を置いた。

それを包んだビニールを通して見えた布地には、覚えがあった。昨日、関口の家から回収してきたものだ。

「これ、どうして袋に入れているか分かりますか? 孤独死のケースでは、亡骸《なきがら》の発見が遅れるのが普通なんです。ですから、そこにあった家具にはたいてい強烈な死臭が染み付いてしまうんですよ。だからです」

3

席について肩を自分で揉んだあと、いま向かいのコンビニから買ってきた竜田揚げ弁当を開けた。

割り箸《ばし》を割ろうとしたとき、ドアが開いた。入ってきたのは敏成だった。

「親父、もう少し仕事を減らしてくれ」

「なぜだ。忙しい方がいいだろ」

「飽きたんだよ、これに」竜田揚げ弁当に箸の先を向けた。「仕事の後で買いに行くと、いつもほかのは売り切れだ」

目当ては魚のフライ弁当だが、午後六時を過ぎればたいてい棚から消えてしまう。

「我慢しろ」

「親父、代わりに食ってくれよ」

社長席の方へ竜田揚げ弁当を押しやると、敏成は手を振った。

「ありがたいね。でも遠慮しとこうか。腹は減ってない」

嘘《うそ》ではないようだ。節電のために半分にした照明の弱さを差し引いても、敏成の顔色は、けして良いとはいえなかった。しばらく前からこの調子だったが、最近は特に体調が思わしくないようだ。

「まだやってたのか」

そう訊ねてきた敏成の目は、こちらの手元に向けられていた。机上に広げてあるのは今日の現場から回収してきた手紙や葉書だった。机の隅には千円札のコピーも準備済みだ。

「もうあきらめたらどうだ」

それがいいかもしれない。

遺品には書簡類が多い。だから現場に出ていれば、いずれ「千円メモ」の筆跡と一致する字にめぐり合えるかもしれない。それを辿《たど》っていけば、あわよくば、実の父親の所在を突き止められるのではないか。二十三年前、たまたま路上に停まっていたトラックの荷台に乳児を遺棄し、ミルク代の紙幣に短いメモだけを残して立ち去った男の所在を……。

そう考え、ずっと続けてきた筆跡鑑定の作業だが、いまだに成果はない。もう疲れてしまった。

「そもそもな、いったいどうするつもりなんだ？　もし夏目氏が見つかったら」

夏目氏。メモ用紙として使われた札の肖像画から敏成がつけたその名前には、いま一つ馴染《なじ》めないでいる。もっとも「本当の親父さん」などとストレートに言われるよりはましかもしれないが。

「どうもしない」

生まれたばかりの自分を捨てた父。そいつを見つける。

目的はそこで止まっていた。

「ただ顔を拝みたいだけか？　ほかには何も考えていないのか？」

「強《し》いて言えば、これかな」

月也は机の抽斗から例の千円札を取り出した。

「そいつの目の前で、こうする」

紙幣の両端を持ち、目の高さに掲げた。そして真ん中から二つに千切《ちぎ》るふりをしてみせた。

「ほう。格好いいな。だけど、破り捨てるってのも、ずいぶん後ろ向きじゃないか。金は前向きに使ってこそ金だろう。違うか」

「前向きって、どんな使い方だよ」

「なに、つまり普通に使えってことだ。要るものを買えってことさ。この先、生活していくのに必要なものをな」

月也は頷きもせずに千円札をしまった。

「がっかりって顔だな。もっと面白い答えを期待したか?」

「ああ」

「じゃあ、もし夏目氏に会えた場合、どんな話をしたい? 何もするつもりがなくても、喋りたいことの一つぐらいはあるだろう」

「話? したくない」

なぜおれを捨てたのか。捨てたあと、どこでどんな暮らしをしていたのか。母親は誰で、いまどうしているか……。

気になる点はいくつもあった。だが訊ねるつもりはない。訊ねたところで、どうせ安手のテレビドラマあたりで何度も見聞きしたような、つまらない答えしか返ってこないだろう。

「飯ぐらいは一緒に食ったらどうだ」

「やだね」

「だったら、父さん、の一言ぐらいはかけてやれ」

首を振った。それも絶対にお断りだった。自分が父さんと呼べるのは敏成だけだと思っている。荷台の捨て子をいったん児童養護施設に預けたあと、これも何かの縁だろう、というだけの理由で養子として引き取った、この遺品整理業者だけだ。

「おれは嬉しかったな。おまえに初めて親父と呼ばれたときは」

「そりゃよかった。だけどたぶん、夏目の奴《やつ》は違うよ。いまさらおれに父さんだのパパだのと呼ばれたところで迷惑するだけだ。きっと」

そうかもな。敏成は弱々しく笑った。

「ところで、いい知らせがある。仕事を減らしてほしいおまえにとっちゃあ、これ以上ないっていうぐらいのグッドニュースだ」

そう言うと敏成は、自分の右肩に左手を載せ、下に押すようにして体を斜めにしてみせた。

それがどういう意味のジェスチャーなのか分からず、月也は目で問うた。

「鈍いな」敏成は体を斜めにしたまま言った。「見たまんまだ。右肩下がりってことだよ」

「何が」

「決まってるだろう」敏成は体を起こすと、事務室内を見回した。「ここがだ」

会社が危ない。そう言っているようだ。

「嘘だろ……。どれぐらいやばいんだよ」

「かなりだ。今月の末に信用金庫から事業資金を借りられなければ、こうさ」

敏成は体を前のめりに倒してみせた。バランスの限界までいったところで、片足を前に出して踏み止まる。

「倒れるってことか？　倒産かよ。潰《つぶ》れんのかよ、ここは」

「ああ。――おまえは現場に出てばかりだから知らないだろうが、いつも月末になると、午後四時までに、信用金庫の担当者がこの事務所に顔を出すんだ。融資の継続について話をするためにな。だけど今月はもう来ないかもしれない」

「今月の末に、信金が来なかったら、おしまいなのか」

「そうだ。いいか、この話は口外するなよ。言えば、みんな心配して仕事どころじゃなくなっちまうからな。石川《いしかわ》ですら知らないことだ」

石川は総務課の社員で経理も担当している。だが実質的に会社の帳簿をつけているのは社長の敏成だ。会社の財政状況を正確に把握しているのは彼だけだった。

月也は竜田揚げを口に入れた。味がよく分からなかった。

4

階段にしても廊下にしても、歩くたびに板がよく軋《きし》む。それがこの社員寮の特徴だ。その軋み音が鶏の鳴き声に似ているというのも、他の家ではあまり見られない点に違いない。いずれにしろ、このうるささでは、羽野がもしまだ布団に入っていたとしたら、とんだ安眠妨害になるだろう。

なかば気の毒に思いながら、月也は二階の西側にある四畳半の前まで足を進めた。

「起きてますか」

外から声をかけると、はいと返事があった。

ドアを開けた。羽野は部屋で朝食をとっていた。慌てて正座をする。

「楽にしてください。――それ、向かいから買ってきたんですか」

「はい」

羽野が箸でつついていたのはコンビニ弁当で、おかずは魚のフライだった。食べ物の好みは同じらしい。

羽野の部屋にはほとんど何もなかった。衣装ケース、卓袱台《ちゃぶだい》、アイロンなどを除けば、目立つものは柱に引っ掛けられたカレンダーぐらいか。

二か月分が一ページに収まった小さな暦だった。いまは九月と十月が並んで表示されている。花のイラストが描かれただけの平凡な造りだ。にもかかわらず、このカレンダーに目を奪われてしまったのは、日付の欄に何度も書き直しの跡があったからだった。

九月の方だ。五日、十三日、二十二日、二十六日……。何日かおきで日付の数字に○の印がついていて、どの○の下にも「入社」と小さな字が鉛筆で書いてある。そして、それらの○印は、ことごとく上から×印で消されていた。

これを見る限り、羽野は九月中にも『飯島ワークス』に入社するつもりだったようだ。しかし、どういうわけか予定が狂った。いや、来てくれ、という敏成の誘いに、仮に承諾はしたものの、いざとなると決心がつきかね、逡巡《しゅんじゅん》を重ねた。そういうことではないのか。
○印はどれも弱々しく、小さく描かれているところからも、羽野の迷いが窺《うかが》い知れた。
「これ、もしよかったらと思ったんですが」

月也は手にしていた袋を持ち上げてみせた。羽野のためにと、昨晩、向かいのコンビニで買っておいたパンが入っている。

「どうもすみません」羽野は正座したまま頭を下げた。「では、お昼にいただいてもいいでしょうか」

「ええ。そうしてください」

自分も朝食をとろうと、階下へ戻った。台所に入り、冷蔵庫を開ける。古い。汚い。狭い。この台所に欠点はいくつもあった。暗い、もその一つだ。日当たりは最悪で、今日のような重い曇天のときは足元がよく見えない。

月也は電灯のスイッチを押した。

シーリングライトがちらつきだしたのは、それから間もなくのことだった。三十形と四十形、二本の環状蛍光灯がセットになった天井の照明は、大きい方も小さい方もそろって点滅している。同じタイミングで寿命を迎えたようだ。

やがて食事を終えた羽野が降りてきた。

隣の社屋へ一緒に出勤すると、まず倉庫へ向かった。

羽野が入社して四日目になっていた。この三日間は倉庫整理をしてもらったが、今日から現場に出てもらう予定だ。

「出発の前に、ちょっと梱包の練習をしましょうか」

倉庫の入り口に積み上げてあった段ボール箱とエアクッションのシートを手にすると、月也は食器類を保管してあるエリアに羽野を誘い込んだ。

「羽野さん、ここにある皿をできるかぎり多く、この箱に詰めてみてもらえませんか。それが終わったら、詰めた内容物を箱のどこかにメモしてください」

サインペンを一本渡してやると、羽野は作業に取り掛かった。エアクッションの凹凸面を箱の内側に当てて敷き、皿を横に重ねて入れていく。そして蓋《ふた》を閉めると箱の上になった面に「食器類」と書いた。

「ありがとうございました。ちょっとここで待っててもらえますか」

月也はその段ボール箱を持って、事務室へ上がっていった。ほかの社員はもう出払っていた。敏成のほかは総務を一人で預かる石川しかいない。

フロアの隅に設けられた社長席では、敏成が、不慣れな手つきでキーボードを叩いているところだった。給料の計算をしているようだ。

「ちょっといいですか」

机上に段ボール箱を置くと、敏成が顔を上げた。

「これは、いま羽野さんが詰めたものです」月也は箱を開けた。「どうですか。エアクッションの凹凸面は箱じゃなくてモノに当てる。皿は横じゃなくて縦に詰める。中身のメモは段ボールの上じゃなくて横に書く。——そんな引っ越し作業の基本が、どれもまったくできていません」

「何が言いたいんだ？」

「わざわざ六十男を雇った以上、それなりの経験者かと思いましたが」

肉体労働の職場に六十歳の新入社員というのは普通ではない。採用するなら、なぜもっと若い人材にしなかったのか？　他の社員たちもみな疑問に思っている。しかも敏成は、何度か羽野のところへ通い、まるで三顧の礼をもって迎えるかのごとく羽野を入社させたようだ。普通ではないどころか、こうなるとかなりおかしい。

「だから？　どうしろというんだ？」

「羽野さんに辞めてもらって、もっと使える人を入れてください」

すると敏成は液晶モニターにやおら手を伸ばした。くるりと回し、こちらに画面を向ける。

「何なんですか？」

画面は思ったとおり、今月の給与一覧だったが、いきなりこんなものを見せられる理由が分からない。

「よく見てみろ。羽野の給料はいくらだ」

月也は「羽野幸明」と出ている欄を見つけ、そこに記入された数字に目を走らせた。

「……もしかして羽野さんは、社長に借金でもしているんですか？　何か借りがあって、返そうとしている。そういうわけですか？」

「まあ、そんなところだ」

「ですけど、これで」月也は液晶画面の数字を指さした。「羽野さんは暮らしていけますか？」

「ああ、あいつはこれまで質素に暮らしていた。だから贅沢さえしなければ、いまの蓄えだけで生きて行ける。この先、収入がなくてもな」

収入がなくても。そう、収入はなかった。基本給、住宅手当、超過勤務手当など、羽野の給与項目すべてに打ち込まれた数字はみな等しく「ゼロ」だった。

5

今日の現場である古い一軒家には、蛆虫もハサミムシもいなかった。

故人が心臓発作を起こしたあと、新聞代の集金人に発見されるまでの時間は、ほんの半日程度だったらしい。また、故人は逝く直前、縁側に面した大きな窓を開けていたため家の風通しは抜群だった。これでは死臭の籠《こ》もりようがない。

「月也さん」羽野が、片膝をついた姿勢で段ボール箱に手をかけながら、ふいに話しかけてきた。「なんだか元気がありませんね」

「そう見えますか」

「見えます。今日の仕事が、簡単なわりに進まないのは、指揮官が硬い顔をしているからだと思いますよ」

羽野は、けっこうよくこちらを観察している。

対して自分には、まだ彼がどういう人物かよく分かっていない。社員寮で同居はしていても一緒に出勤したのは最初の数日間だけで、いまではもうばらばらだ。まだ食卓を共にしたこともなかった。

「あまり浮かない顔をしていては、故人にも申し訳ないと思うのですが」

控えめな口調でそう言うと、羽野は、立てた方の膝に段ボールを載せてから、斜め後ろに向かって立ち上がった。懸念したほど使えない男ではなかった。入社したのが十月一日で、今日が三十一日だから、ちょうど一か月で荷物運搬の基本技である「膝掛け式」を、すっかり身につけたわけだ。

今回の依頼者は、この近所で鮮魚店を営む女だった。故人の妹だという。

この依頼者は、あらかじめ遺品の梱包を済ませていた。梱包作業を客が負担した場合、その分、請求できる料金は少なくなるが、作業は楽になる。こちらがしなければならない仕事は、荷物の搬出と清掃だけだ。

だが今日ばかりは捗らなかった。予定では一時間と見積もっていた作業が、九十分を過ぎてもまだ終わらない。羽野のほか二人の社員を使ってもこのありさまだ。

責任は、羽野の言うとおり現場のリーダーを務める自分にある。表情が硬いか柔らかいかは別として、いつものように的確な指示を出せないでいることは否定できなかった。

「何か悩みごとでもあるんですか」

羽野がしつこく顔を覗《のぞ》き込んでくる。

「別に」

ぶっきらぼうに答えて、月也はトラックのところまで戻った。

携帯で会社に電話を入れると、出たのは石川だった。

「社長はいますか？」

《まだ帰ってきていません》

敏成は今日、業界団体の会合があって市民会館まで出かけている。午後早めに戻ると言っていたが、どうやら場が長引いているようだ。

「では石川さん、ちょっと教えてほしいんですが」

《何でしょう》

「信用金庫の職員がそちらに行きませんでしたか」

会社の経営が危ない。敏成から聞かされたその話は、初めのうち信用できなかった。危ないなら人件費を切り詰めるはずで、新入社員など雇い入れるわけがないからだ。だが羽野は無給だった。となれば話は別だ。冗談だろう、で済ますわけにもいかない。

《それ、いつの話です？》

腕時計を見て、午後四時を過ぎているのを確認してから言った。

「今日です」

いまの質問に対する答えを石川からもらい、現場へ戻った。そしてパンと勢いよく手を叩き、笑顔で大声を出した。

「みんな、もっとペースを上げていきましょう。帰ったらビールを出しますから」

これで雰囲気が変わった。作業のスピードがかなりアップした。

仕事を終えると、依頼者の女が寄ってきて、発泡スチロールの箱を差し入れてよこした。

「これ、どうぞ。今朝水揚げされたばかりです」

その場で箱を開けてみた。大きな二枚貝がいくつか氷漬けになっていた。高校を出てからすぐに敏成の手伝いを始め、もう五年になる。依頼者からの心付けは、これまでに何度も経験していた。だが牡蠣《かき》をもらったのは初めてだった。

今回も料金を現金で受け取ってから、羽野と一緒にトラックに乗った。

そこでようやく月也は、顔の筋肉から力を抜いた。無理に作っていた笑みを消しやると、自然、溜め息が漏れた。

――信金ですか。いや、来ませんでしたけど。

石川の返事はそっけないものだった。

「どうしたんですか」

運転席に座った羽野が、またこちらの目を覗き込むようにしてくる。

「……倒産」

ぽろりとそう言ってしまってから、慌てて手を振った。

「何でもありません。早く戻りましょう」

顔を前に戻し、助手席に体を埋め、目を閉じた。

会社に帰っても、敏成の姿はなかった。まだ市民会館から戻っていないようだ。

何も知らない社員たちは、缶ビールを手に雑談をしながら一日の疲れを癒している。

ただ羽野だけは下を向いて顔をしかめていた。涙をこらえているようだ。帰り道を運転しているときからそうだった。

もしかしたら会社が危ないことを、彼も事前に知っていたのかもしれない。敏成とは特別な間柄のようだから、打ち明けられていたのではないか。

潰れると聞いたら、まず驚くのが普通だろうが、その段階を飛ばし、涙を見せて悔しがっている。だとすると羽野は羽野で、わずか一か月の勤務経験しかないとはいえ、このちっぽけな会社に、かなりの愛着を募らせていたようだ。

元気を出しましょう、の意味をこめて、月也は羽野の肩に手をかけた。

下手《へた》をすれば自分も泣いてしまうところだったが、羽野に先を越されたせいだろう、どこか白けた気分になってしまっていた。

手近にあった電話から敏成の携帯にかけてみたところ、つながらなかった。コール音は鳴るのだが、応答の気配はない。

いったん切り、今度は信用金庫の電話番号を押した。

「お世話になっております。『飯島ワークス』ですが」ここで送話口を手で覆《おお》い、声を潜《ひそ》めた。「事業資金の話は本当なんでしょうか。もう、貸していただけないんですか」

は？　と信金の担当者は調子の外れた声を出した。《あの、どういう意味でしょうか》

「融資を打ち切られると聞いたんですが」

《まさか。そんな話は当方では初耳ですが》

「……でしたら、来月も貸していただけるんですか」

《もちろんです。同業者が乱立するなか、御社はよくやっておられます。いまの業績なら、もっと融通できると思います》

やはり会社の経営は安泰だった。敏成はでたらめを言ったのだ。だとしたら、なぜだ。どうして親父はあんな嘘をついたのか……？

受話器を置くと、別の電話に出ていた石川の顔が青ざめていた。

「社長が……」

石川は続く言葉を発した。声がかすれていたが、何と言ったのかは、口の形から分かった。「たおれました」だ。

6

ガラスに重いものがぶつかる音がして、月也は顔を上げた。

病室の窓を叩いたのは、突然降り出した大粒の雨だった。なるほど県立病院の四階から見た空は、いつの間にか薄墨《うすずみ》のような色になっていた。

天気は急変したが、室内の様子は先ほどからそのままだった。

酸素吸入用のマスクで顔を覆われた敏成は、相変わらず目の前のベッドで昏睡状態にある。

昨日の夕方、会合を終えた敏成は、市民会館を出たところで急に苦しみだし、そのまま意識を失った。駆けつけた救急隊員が、彼の所持品から県立病院の診察カードを見つけなければ、あるいは別の病院に運ばれていたかもしれない。

敏成の腕には点滴用のチューブが差し込まれていた。何を体内に入れているのかは分からない。栄養分なのか、それとも抗癌剤《こうがんざい》なのか。医師の詳しい説明を受けるのは、これからだ。

月也は手元に目を落とした。紙が敏感に湿気を吸ったせいか、今朝、社員たちから送られた寄せ書きは、少し重たく感じられる。

【退院したらビールにする？ それとも日本酒？】これは自分が書いた文面だ。

【たまの小休止を、どうぞごゆっくり】と石川は楽観してみせた。

【一病息災。ご回復をお祈りします】そう手堅く記したのは羽野だった。

やがて担当の医者が入ってきた。

「お父さんは肝臓に癌を抱えておられます」

もう驚きはしなかった。その情報は昨日のうちに別の医師から告げられていた。敏成が三か月ほど前から、この病院で密《ひそ》かに治療を続けていたこともだ。

「残念ながら末期です」

「親父はどうして、もっと早いうちに気づかなかったんでしょうか」

「しかたがありません。よくあることです。肝臓は沈黙の臓器と呼ばれていましてね。かなり悪化するまで自覚症状が出ない場合が多いのです」

もう一度寄せ書きにある羽野の文字を見やった。

羽野が逡巡を振り切って『飯島ワークス』に入社を決めた理由。それは、この癌だったのではないか。敏成の余命がいくばくもないことを、敏成自身の口から知らされたからではなかったか。そんな気がしてならない。

「回復の見込みはあるんでしょうか」

その質問に医師がそっと目を伏せることで答えたとき、雨がいっそう激しくなった。

「ご本人も、覚悟はしておられたと思います」

「話しかけられますか」

「いまは鎮静剤で眠っていますが、目を覚ましたら大丈夫です。ただし、あまり込み入った話はしないようにお願いします。できるだけ脳に負担をかけない方がいいでしょう」

敏成に目を覚ます気配はなかった。

月也は寄せ書きにぼんやりと目を落としながら、敏成の覚醒を待った。

椅子から立ち上がったのは、二十分ほど経ってからだった。

病室を出て、廊下に設置されている公衆電話へ向かった。会社にかけ、応答した石川に言った。

「寄せ書きを、みんなに書き直してもらいたいんです」

《書き直す？　どんなふうにですか》

「医者が、脳に負担をかけてはいけない、と言っていました。漢字が入っていると、読むのが大変です。だから、すべて平仮名で書き直してほしいんです。今朝書いたのとまったく同じ文面で平仮名にしたものを、こっちに送ってもらえませんか」

《分かりました。すぐに準備できると思います》

では病院のナースステーションにファックスしてください、と頼み、電話を切った。

やがて石川からファックスが送信されてきた。本当にすぐだった。今日は現場が一件もない。いまは全員が会社の倉庫で仕事をしているはずだった。

その紙を受け取り、敏成の病室に戻ると、平仮名で綴《つづ》られた寄せ書きの、ある一部だけにじっと目を落とした。

どうしても、もっと見たいものがあった。羽野が書いた平仮名だ。

寄せ書きを眺めているうちに、【ご回復をお祈りします】にある「お」と「し」が、千円メモの字とまるで同じ筆跡であることに気づいた。

警戒されないよう全員に書き直してもらったが、本当は羽野の書いた平仮名さえ入手できればよかった。

「千円メモ」のコピーを取り出し【月也です。月ようび生れ。おゆるしください】と【いちびょうそくさい】の文字を見比べてみる。

「よ」「う」「び」「く」「さ」「い」。いずれの筆跡も、過去に調べた誰の字よりも一致していた。

7

炊飯器の蓋を開けるとき、少しばかり緊張した。

うまく炊けたかどうか自信がなかった。コンビニ弁当の世話になっていた時間が長すぎたせいで、炊飯ジャーの使い方など、ほとんど忘れてしまっていた。

やはり水の分量を間違えていた。それでもぎりぎり食べられる程度には炊けた米飯を、我ながら慣れない手つきで三つの茶碗に盛ると、羽野が寄ってきて、それらを台所のテーブルまで運んでいった。

社員寮の台所にあるテーブルは四人がけだった。羽野はまず向かい合った席に茶碗を二つ並べた。そして三つ目の座席に、小さな額縁に入れた敏成の写真を立てかけると、その前にも茶碗を置いた。

敏成が他界したのは、倒れてから四日目だった。

癌は治療が長引く病気だとばかり思い込んでいた。あれから十日近くが経とうとしているのに、急死という現実をいまだに受け入れられないでいるのはそのせいだろう。

月也は敏成の遺影に目をやった。

親父……。

敏成もまた仕事の合間に、千円札の筆跡を辿ることで夏目を捜していたに違いない。そして一足先に見つけ出していたのだ。

——遺品にも家族がある。

そんな信念を持っていた敏成は、自分の死期が近いのを悟ったとき、息子という遺品を本当の家族に返そうと思い立った。そこで夏目を入社させ、社員寮に住まわせた。

「夏目さん」

小声で呼びかけてみると、羽野は瞬きを重ねた。「は？」

「いえ、羽野さん。カキを食べませんか？」

「いただきます。わたしが皮を剝《む》きましょう」

羽野が流しの方へ寄ってきて、食器棚の扉を開けた。そこから持ち出したのは果物用のナイフだった。

「違います。こっちの方です」

月也は冷凍庫の扉を開け、先日、依頼者からもらった二枚貝を取り出した。

「そっちのカキでしたか」

「ええ。いまおれは『かぁき』と言ったはずです。海の牡蠣はアクセントが頭の方にありますからね。反対に、木に生《な》る柿だったらアクセントが後ろなので、発音するなら『かきい』ですよ」

「わたしの耳は、人一倍鈍感なんですかね」羽野はこめかみのあたりを掻《か》いた。「苦手なんです、そういう言葉の区別は」

たしかに同音異義語はやっかいだ。それを便利だと思ったのは敏成ぐらいだろう。彼は、羽野に聞かせたかったのではなかったか。「父さん」の一言を。感じてほしかったのではなかったか。息子からそう呼ばれる嬉しさを。

だからあんな嘘をついた。息子に、会社が危ないと思わせておく。そうすれば息子は、いつか羽野の前でぽろりと口にするかもしれない。「父さん」ではないものの、それと同じように聞こえる言葉を。

——いや、まさかな。

いくらなんでも、その解釈は馬鹿げている。

敏成はたぶん、いずれ会社を継ぐ息子に経営というものの厳しさを実感してほしかっただけなのだろう。あの嘘は、常に危機感を持てとの戒めであって、他に含むところなどはなかったに違いない……。

自分で自分を納得させるように何度か一人で頷いてから、月也は、テーブルに置いたカセットコンロに載せたフライパンで牡蠣を焼き始めた。

やがて食卓に小さな湯気が立ち上《のぼ》ったころ、あ、と小さく呟《つぶや》いて、羽野が天井を見上げた。

「直してくださったんですね。蛍光灯」

「ええ」

「すみませんでした。気がつかなくて」

自分も修繕費を出すつもりでいるようだ。羽野は上半身を横に傾け、ズボンのポケットから財布を出そうとする。

月也はそれを両手で押しとどめた。

「おかまいなく。おれが負担しますよ」

「でも、そういうわけには……」

「大丈夫です。近くの電器屋が閉店前の大安売りをしてたんで」

「いくらでしたか」

「三十形と四十形の二本セットで、ちょうど」月也はコンロの火を止め、羽野の顔を見据えた。「千円でした」

実況中継

1

外野席に設けられたプラスチック製のベンチは、だいぶ熱を帯びていたが、座れないほどではなかった。

中途半端に強い八月半ばの日差しに顔をしかめたあと、逢戸《おうど》恭平《きょうへい》はそこに腰を下ろし、ナップザックの中からペットボトルを取り出した。

キャップを回しながらスコアボードに目を凝《こ》らす。先攻の〈クラブ池谷《いけたに》〉、後攻の〈丹《に》羽《わ》軍〉、ともにまだ得点はなかった。

ペットボトルに口をつけ、首を後ろに倒した。中身の麦茶を喉《のど》に流し込んだとたん、グラウンドの方から、金属バットの打球音が聞こえてきたが、かまわずに呷《あお》りつづける。

【打球の行方にご注意ください】

グラウンドと外野席を仕切る背の低いフェンスには、そう印刷されたシールが貼ってあった。これは無視してもいいだろう。打球音から分かる。いまのはボテボテのピッチャーゴロだ。

グラウンドに目を戻した。案の定、投手がゆっくりとした動作でファーストに送球したところだった。

バッターは全力疾走で一塁ベースを駆け抜けたが、もちろんアウトになり、四回の表が終わった。

守備についていた選手たちがベンチへ引き上げていくのを見て、小さな舌打ちが一つ、口から勝手に漏れた。せっかく観戦を始めたのに、休憩時間に入ってしまった。

草野球は、たいてい七イニング制だ。ここで行なわれている試合も、その慣習に倣《なら》っている。だが、ちょうど真ん中、四回の表が終わったところで五分間の休憩時間が設けられているというのは、『木之内《きのうち》スポーツ製作所』のグラウンドで毎週開催されているこの紅白戦独特の習慣だろう。

暇をもてあまして横を向くと、一つ置いたその隣のベンチに、今日もあいつがいた。

体格からして、まだ五年生に違いない。こっちと同じ六年生なら、頭に比べて体の方がもう少し大きいはずだ。

半袖シャツに半ズボン。そこまでは普通の格好だが、小学生のくせにサングラスをかけているのが異様だ。それより、こんな場所で捕手用のプロテクターを身に着けているのが、もっと普通ではない。しかもマスクにヘルメット、そしてレガースまでしている。

日曜日の午後、ここへ野球を見に来たのは今日で四度目になるが、過去三回とも、この〝キャッチャー〟は同じベンチの同じ位置に座っていた。

恭平は、またナップザックに手を突っ込んだ。今度そこから取り出したのは、軟式ボールとグローブだった。

ベンチに座ったまままそっと体を折り、ボールを〝キャッチャー〟へ向かって転がしてやった。

正式な野球場ではなく、平地《ひらち》のグラウンドだから、外野席といっても傾いてはいない。ボールは、よく刈り込まれた雑草の上を狙《ねら》いどおり進んでいき、相手が履いているシューズにぶつかって止まった。

〝キャッチャー〟の顔が下を向いた。ボールを拾い上げようとする。一度つかみ損ね、二度目にようやく、指の端にひっかけるようにして手に持った。

マスク越しにサングラスがこっちへ向けられるのを待って、恭平はグローブを左手に嵌《は》め、そこに右の拳《こぶし》を打ち込んだ。

投げ返せよ。そう要求した仕草は、しかし、相手には理解してもらえなかった。〝キャッチャー〟は、手にした軟球をどうしたものかと戸惑っている様子だ。

恭平はベンチから立ち上がり、〝キャッチャー〟の隣に座った。相手の手からボールを奪い返し、ズバンとグローブの中に投げ込む。

そのときプロテクターの肩の部分に白いテープが貼ってあるのに気づいた。そこにはマジックペンで【木之内司】と書いてあった。それが〝キャッチャー〟の名前らしい。

「司《つかさ》っていうのか」

「ぼくの名前でしたら、そうです」

「恭平。北小《きたしょう》の六年」

わざとぶっきらぼうな口調で名乗ったのは、司の口調がやけに大人びていたからだ。最初から負けてはいられない。

司は小さく頭を下げた。「初めまして」

こっちにしてみれば初めてではなかったが、その点については黙っていた。

「よかったら、苗字の方も教えてもらえますか」

「アウト」

「え？」

「いまのは冗談。逢戸だよ。会うって字があるだろ。それの難しい方に……。五年じゃ分かんないか。いま五年だろ？」

「そうです。でも、その漢字は分かります。逢うに土ですね」

「違うって。ドアの戸」

「オウドですか。ちょっと珍しいですね」

「だろ」

　前に本で調べてみたところ、同じ苗字は全国に四、五軒ぐらいしかないと書いてあった。オウドは嫌いな響きではないが、アウトと読ませた方がもっといい。第一、こう名乗ってやると、たまに、ドキッとして顔色を変える人がいるから楽しいのだ。そんな人たちはみな、何か後ろ暗いところを抱えているのではないかと思う。

「いいか、おれの苗字、誰にもバラしちゃ駄目だからな」

「人を脅かすチャンスが減ってしまうからですね」

　外見は怪しげでも、この五年生、頭の回転はなかなか速いようだ。

「じゃあ、恭平さんと呼びます。いいですか？」

　少し照れくさかったが、いいと答えてやった。「で、そっちはどこに通ってんだよ。北小じゃないよな。西小《にししょう》か」

　司が口にした学校の名前は、聞いたことがなかった。

「恭平さんは、ここへ一人で来たんですか」

「そうだよ」

「友達はいないんですか」

「いるけど、誰も野球が好きじゃない。いや、好きなのが一人いるな」

「誰ですか」

「人じゃなくて犬だよ。ゴールデンレトリバー。——悪い。一人じゃなくて一匹だった。違う。大型犬だから一頭か」

「ゴールデンレトリバーって、外国の犬ですよね」

「そう。だけど名前は番吉《ばんきち》っていう。日本ふうだろ。ワン吉じゃつまんないから、ちょっと変えてやった。おかしくないよな、家の番をしてるんだから」

「はい。いい名前だと思います。——恭平さんも野球をやっているんですか」

「別に」

これまで、どのチームにも所属したことはない。本格的に始めるのは中学に入ってからの予定だ。いまはまだ公園の壁を相手に一人でカーブの練習をしている段階だから、やっているとと胸を張ることはできなかった。

「ところで、苗字が木之内ってことは、もしかして社長の息子か、ここの？」

言って地面を指さしたところ、司は頷《うなず》いた。

「じゃあ親父さんに言っといてくれよ。チームの名前を、もうちょっと何とかしたらどうかって。だっておかしいだろ、〈クラブ池谷〉に〈丹羽軍〉なんてのは」

たしか先週のカードは〈工藤《くどう》ズ〉対〈多田《ただ》団〉で、今週以上に変だった。

「この会社では、その試合でキャプテンを務める人の名前をチーム名に入れる決まりなんです。キャプテンは毎回替わります。ちなみに来週の試合は〈チーム矢部《やべ》〉と〈野口《のぐち》組〉ですから、いままでより少しはまともだと思います」

司の言葉を聞きながらグラウンドを見やると、いつの間にか休憩が終わっていて、すでに四回の裏が始まっていた。

「それにしても、いっぱいあるよな」

「何がですか」

視線を司に戻し、ついでに、立てた人差し指も彼の方へ向けてやった。「ツッコミどころがだよ。そっちの」

「例えば、このプロテクターとか、サングラスのことですか？」

「そう。どうして着けてんだ、そんなもの」

「どっちですか。プロテクターの方ですか、サングラスの方ですか」

「まずはプロテクターから」

「ここにいると危ないからです」

「何が」

「ホームランボールが」

「よけろよ、そんなもの。でなきゃ捕ればいいだろ。ほら」もう一度ボールをグローブに投げ込んだ。「ちゃんとこれを持ってきてさ」

「できません」

「どうして。そんなに下手《へた》なのかよ」

「よく見えないからです。目が」

言われてみると、こっちに向けられた顔の向きは、微妙にずれている。さっき司が口にした学校の名前に聞き覚えがなかったのは、このせいか。たぶん、体に不自由なところがある子が通うところなのだろう。

「……病気なのか」

「はい。この前手術したばっかりなんです。太陽の光をあんまり目に入れないようにと、主治医の先生から言われています」

「じゃあ、こんなところに座っていてもしょうがないだろ。試合がどうなっているか分かるのかよ」

「よくは分かりません。でも、バットやボールの音を聞いているだけで、けっこう楽しめま――」

突然、司がはっとしたように顔を上げた。

同時に恭平も、何かがしゅっと空気を切り裂く気配を感じた。ボールがこっちに向かって飛んできたのだと悟ったが、それを目で捉《とら》える余裕も、グローブを構える余裕もなかった。できたのは、司の肩を抱き寄せ、自分の背中を盾にして、小さな体をかばうようにする姿勢をとることだけだった。

次の瞬間、大きな音がして、フェンスの金網がじゃらじゃらと震えた。

金網の向こう側を見ると、センターの守備についていた人が、ボールに向かって走り寄ってくるところだった。

センターは本塁に返球したが、ボールが捕手へ届く前に二塁にいたランナーがホームインし、〈丹羽軍〉に一点が入った。

脅かして悪いな。そう伝えたつもりだろう。センターは一度こっちを振り向き、帽子のひさしにちょっと手を添えてから、元の守備位置に戻っていった。

その背中を見送りながら、抱いていた司の肩を放してやると、彼はぺこりと頭を下げてきた。「ありがとうございました」

「よく分かったな。ボールが来たって」

「耳だけはいいんです。すごく」

視覚にハンディがあると、その分、聴覚が鋭くなるらしい。昨年亡くなった自分の祖父も、そうだった。

恭平はまたナップザックに手を入れた。次にそこから取り出したのは携帯型のＦＭラジオだった。スイッチを入れ、イヤホンを片耳に突っ込む。

《あわやホームランかと思われた当たりは、センターを越えてダイレクトでフェンスに激突しました。観客の子供たちを驚かせてしまったようです。さて四回裏〈丹羽軍〉の攻撃は、打順が先頭に戻りました。製作部の係長、大木《おおき》がいまバッターボックスに向かいます》

歯切れのいい実況アナウンサーの声を聴きながら、バックネット裏に目をやった。

そこには小さなプレハブ小屋が設けられている。前に観客の一人から教えてもらったところによると、あれは「放送室」だという。あの中に、トランスミッターやマイク、録音・再生の装置など、放送に必要な機材がいろいろ置いてあるようだ。

プロ野球の試合だったら珍しくもない。だが、小さな会社の社員たちによる紅白戦なのだ。それがラジオで実況中継されるというのは、世の中を見渡してみても、ほかにあまり例がないと思う。

ただ、免許の要らないミニFMという簡単なかたちでの放送だから、あの小屋から出た電波の届く距離は、半径二百メートルが限度だという話だった。

《さてバッターの大木ですが、重要な局面を迎えて、かなり緊張しているようです。いつになく硬い表情で構えに入りました。おっと、いま白い蝶々がバットの先っぽに止まった。しかしガチガチになっている大木、それにまったく気づかない》

それにしても気になるのは、実況をしているアナウンサーだ。いったいどんな人だろうか。

　昔から『木之内スポーツ製作所』の土地だという目の前にあるグラウンドは、見たところ、正規の野球場よりも狭いようだ。外野席からバックネットまでの距離は、たぶん百メートルを切っているだろう。それでもここからだと遠すぎて、放送室の中にいるアナウンサーの顔まではよく見えなかった。

　この実況アナは放送中、自らを「DJヤスノリ」と名乗っている。毎回、試合が終わったあと放送室から出てきて、社員である選手たちに号令をかけたり、グラウンド整備の指示を与えたりしているから、彼もまた会社の一員で、しかも、かなり偉い地位にある人に違いない。

　DJヤスノリがマイクを前にするときはいつも、選手たちと同じように野球のユニフォームを着ていることも、ただし自分だけは黒い帽子に黄色い鉢巻という目立つ格好をしていることも知っている。だが、近くでその顔を見たことは、まだ一度もなかった。

《天気は少し曇ってきたようです。いまセカンドの前をツバメが低く飛んでいきました。そろそろ一雨くるかもしれません。さあ、そして、このゲームの雲行きも怪しくなってきた》

　恭平は司の方へ顔を向けた。「ちょっとそのマスクを外してみな」

　司が言われたとおりにした。それまでマスクのバンドに半ば隠れていた彼の左耳が露《あらわ》になったので、そこにイヤホンを突っ込んでやった。

しかし、司は自分の手でそれをすぐに外してしまった。

「なんでだよ。遠慮すんなって。聴いてればいいだろ。貸してやるから」

「聴いちゃいけないって言われているんです、この放送を」

「誰から」

「父からです」

「なんでだよ」

「ミニFMは音がよくないから、耳が悪くなるって。ちょっと前までは聴いてもよかったんですけど、最近になって禁止されました」

「別に酷くなんかないぞ、この音なら」

いずれにしてもスピーカーがない小さな携帯ラジオだから、イヤホンを拒否されると聴かせる術《すべ》がない。ここはあきらめるしかなかった。

「じゃあ、来週の試合は、おれが中継してやるよ」

2

結局、ゲームはサヨナラの形で〈丹羽軍〉の勝利に終わった。観客たちがグラウンドから引き上げていく。

分からなかった。

――来週の試合は、おれが中継してやるよ。

どうしてあんな言葉が口をついて出てしまったのか、自分でもよく分からない。確かなのは、後悔しているということだけだ。

すかさず「お願いします」と応じてきた司の顔は輝いていた。いまさら取り消しはできそうもない。

「ところで、そっちは帰り、どうするんだよ。そもそも、どうやってここまで来たんだ」

付近を見渡しても、司の付き添いらしい人物はいなかった。

「父に連れてきてもらいました。帰りも父と一緒です」

「どこにいる？　親父さんは」

訊《き》いたところ、司は逆に質問してきた。「実況放送、まだやっていますか？」

またイヤホンを耳に入れてみた。

《というわけで、今週も無事に紅白戦を終えることができました。最後まで観戦してくれたみなさん、どうもありがとう。そしてお巡《まわ》りさんのみなさんも、ご声援、感謝です》

その言葉に、グラウンドの東隣に建つ墨崎《すみざき》署の建物を見やったところ、ワイシャツ姿の人が何人か三階の窓際に並んでいて、バックネットの方へ向かって手を振っていた。仕事の合間に草野球を見物する余裕があるくらいだから、日曜日の今日、警察はそれほど忙しくはないのだろう。

《それでは、このあたりで放送を終了させていただきます。提供は『木之内スポーツ製作所』、実況はわたくし、DJヤスノリでした》

その言葉を最後に、ラジオからは何も聞こえなくなった。

「いま終わった」

「じゃあ、父はもうすぐここへ来ると思います」

グラウンドに目を転じると、放送室の扉が開き、そこから黄色い鉢巻をした人物が出てきたところだった。

「清掃、スタートっ」

いつものようにDJヤスノリが指示を出すと、ユニフォーム姿の社員たちが整然と動き始めた。よく統率されていて、まるで軍隊のようにも思えた。

一方ヤスノリはといえば、今日はグラウンドを突っ切り、こっちへ向かって駆け寄ってくる。たぶん三十代だろう。彼の姿は、自分の父親よりはずっと若く見えた。

ヤスノリは、外野席とグラウンドを分けるフェンスに手をかけ、ひらりと飛び越えた。

近くで見ると、顔の上から下まですっと通った高く形のいい鼻が印象的な美男だった。

恭平もベンチから立ち上がり、一メートルぐらいの距離で対峙《たいじ》するような格好になった。

「父さんだね」

気配を察したか、司がヤスノリの方へ向かって顔を上げた。

ヤスノリは、司のヘルメットをぽんと一つ叩《たた》いてから、視線を下にやった。ベンチに置いてあるグローブに目をやったようだ。

「それは、きみの？」

直《じか》に聞く声は、電波に乗ったそれよりも、いっそう柔らかく感じられた。

よく見ると、彼がしている汗拭き用のリストバンドには【木之内康則】と刺繍《ししゅう》されていた。

「そうです」恭平は答えた。

「ずいぶんぼろぼろだ。お父さんに、新しいのを買ってもらえばいいのに」

「いいんです。このままで。中学生になったら、自分でアルバイトをして買いますから」

「偉いね。だけどその必要はないよ、きっと」

「どうしてですか」

「ここが何を作っている会社なのか知らないのかい」

野球用品だ。中でも主力商品がグローブであることも知っている。

作っているものがものだけに、『木之内スポーツ製作所』は、かなりの強豪チームだった。

いまは夏場だから、日曜日の朝になると、あちこちの球場で県内アマチュアリーグの試合が行なわれている。今日の午前中だって、この会社の選手たちは、どこかのグラウンドで他のチームと戦ってきたはずだ。

にもかかわらず、会社に戻ってきてから、すぐにまた紅白戦をしているぐらいだから、社員たちはみんな根っから野球が好きなのだろう。

「プレゼントさせてもらうよ。さっき、この子を」康則は司のヘルメットに載せていた手の位置を少しずらした。「庇《かば》ってくれたよね。そのお礼としてさ」

「……いいんですか？」

恭平はグラウンドの北側を見やった。そこには会社の建物が建っていた。事務所と工場、どちらも煤《すす》がついたように黒ずんでいて、形も歪《ゆが》んでいるように見える。はっきり言ってボロ屋だ。

この会社に、気前よく商品をプレゼントする余裕が、本当にあるのだろうか……。

考えていることがはっきりと顔に出てしまったらしい。康則に、ばんと肩を叩かれた。

「なんだ。もしかして心配してくれてるの？うちの経営状態を」

「いえ、別に、そんなわけじゃないですけど――」

「大丈夫だよ。見てごらん」康則は体を捻《ひね》り、グラウンドの方を手で指し示した。「我が社は、こんなに凄《すご》い財産を持っているんだから」

建物を新しくすることなど、この土地を売れば簡単だ、と言いたいらしい。

だが、それができないだろうことは、社員たちの動きを見ていればよく分かる。みんな一生懸命だ。自分の愛車でも磨いているかのように、脇目もふらず、草をむしったりゴミを拾ったりしている。このグラウンドは彼らにとって、事務所や工場とまったく同じ価値を持っているに違いない。

「もらってくれるね」

「……はい。ありがとうございます」

「さてと」康則は司の肩を抱き寄せた。「こちらのお友達を、父さんにも紹介してくれないか」

「名前は恭平さん。父さんのライバルだよ」

「どういう意味だい、ライバルってのは」

「来週の試合を、ぼくのために実況中継してくれるんだって」

「ほう」康則は急に意地の悪そうな表情を浮かべた。「そう簡単にできるかな、恭平くん。プロのアナウンサーも、みんな言っているよ。スポーツ中継ほど難しいものはない、ってね」

「……なんとか、やってみます」

小声でそう応じると、康則は地面を指さした。「寝て」

「はい？」

「ここに寝転がって。仰向けになってみて」

最初は何かの冗談かと思ったが、どうやら本気で言っているらしい。

恭平はその言葉に従った。

「体から力を抜いて。特に肩を楽にして」

何が始まるのか。草の匂いを嗅《か》ぎながら不安に思っていると、そばに立っていた康則がしゃがみ、こっちが着ているTシャツの上から腹にグローブを載せてきた。

「このグローブの位置を、もっと地面に近くすることはできるかな」

腹をへこませろ、ということらしい。言われたとおりにやった。

「もっと下げて。急がなくていいよ。できるだけ時間をかけて」

鼻と口から息を吐き出すことで、さらに腹を引っ込ませた。

「ようし。じゃあ、元の高さに戻して。ただし、今度はちょっと速めに。下げたときにかけた時間の半分ぐらいのイメージで」

鼻から少しずつ息を吸うことで、腹を膨《ふく》らませていく。

「OKだ。お疲れさま」

康則が手を差し出してきた。それをつかんで立ち上がった。Tシャツの後ろに細かい草がたくさんついてしまったようだ。肩甲骨のあたりが少しむず痒《がゆ》い。

康則はこっちの背中を軽く叩きながら言った。「これが腹式呼吸だよ」

「ふくしき……？」

「初耳かもしれないが、一日のうち何分間か、いまのようにして腹で呼吸をする練習をするといい。そうすれば、よく通る声が出せるようになる。アナウンサーには必須の呼吸法さ。来週の本番まで、できるだけやってごらん。それをしたあとじゃなければ――」

康則はグローブを自分の左手に嵌め、こっちに向かって捕球の姿勢をとった。何かを投げ込んで来い、と誘っている。

「きみをライバルとは認めない」

「分かりました」

恭平は、康則が構えたグローブに向かって拳を打ち込んだ。

3

野球観戦から帰る道すがらも、自転車を漕《こ》ぎながら、ずっと腹をへこませたり膨らませたりする動作を繰り返していた。

自宅に戻ったのは午後三時ごろだった。

門を開ける前に、ポストを覗《のぞ》いた。今日も父親がいないあいだに、訪問者があったらしく、いつものとおり名刺が何枚か放り込まれてあった。

小売、印刷、土建、繊維……。中小企業が多そうな職種ばかりだった。父が金を貸している会社の社長たちが置いていったものだ。

以前、この名刺たちの中に『木之内スポーツ製作所』の文字を見つけたときは少し驚いた。個人の名前はなく、会社名だけの名刺だったが、置いていったのは、おそらく、さっき逢ってきたばかりの人物──社長の康則ではないかと思う。

自宅の門をくぐると、犬小屋の中から番吉が吠《ほ》え立ててきた。その吠え声には低い唸《うな》りも混じっている。置き去りにされたことを、明らかに恨んでいるのだ。

しかたがない。野球だろうが、ソフトだろうが、サッカーだろうが、どの競技に使うボールでも、とにかく球体を目にすると、なりふり構わず追いかけて飛び掛かろうとする癖を持っている犬など、球場へ連れて行ったところで面倒な思いをするだけだ。

家に入った。

居間に行きテレビをつけると、高校野球をやっていた。二〇〇九年夏の甲子園も、はや大会七日目を迎えている。この試合に勝った方が三回戦へ進出だ。

テレビの音声を消し、画像だけを見ながら、試合の様子を言葉にしてみようとした。だが、何から喋《しゃべ》ったらいいのかまるで見当がつかなかったため、すぐにミュートを解除した。

《カウントはツーストライクワンボールバッター追い込まれたがもしここで一発出ればたちまち逆転ということになりますあるいは送りバントで手堅くランナーをすすめてくるか》

実況アナウンサーの声には句読点がなかった。そのくせ少しの淀《よど》みもない。

「カウントはツースー――」

いま耳にしたとおりに喋ってみようとしたが、すぐにつかえてしまった。なるほど思ったより難しそうだ。

中継の音声を、いったん古いラジカセに録音し、部屋に持っていった。再生と停止を繰り返しながらそれを聴いて言葉を繰り返しているうちに、窓の外は薄暗くなっていた。

表の駐車場でエンジンの音がしたのは、午後七時ごろだった。それではこれで失礼いたします、という言葉も聞こえた。父親の運転手を務めている人の声だ。父が帰ってきたようだ。

しばらくすると、部屋のドアがノックされた。

「いるか？」

父の声は普段よりざらついていた。アルコールが入っているとこうなる。

「いるよ」

ドアには鍵《かぎ》がない。そっと出入り口のところまで移動し、扉に自分の背中を押し付けた。

「入ってもいいな」

「駄目」

父の仕事がどんなものか、最近になって、ぼんやりとだがつかめてきた。いわゆる街金融だった。難しいことは知らないが、グレーゾーン金利とかいうものがあるらしい。それを利用し、法律に違反していないのをいいことに、運転資金に困っている中小企業にかなり高い利息で金を貸し付けているようだ。

きっと父は、いろんな人から恨みを買っていることだろう。そして自分はといえば、この名前こそが恨めしかった。珍しい苗字だから、名乗ればすぐに、「金貸し屋」の息子だと分かってしまう。

「開けてくれたら新しいグローブを買ってやるぞ」

「いいって」

汚い商売で儲《もう》けた金なら買ってほしくないし、そもそも今日の一件でその必要はなくなった。

「なあ、おい。たまには話でもしようじゃないか」

「駄目だって。いま忙しいから」

父は鼻で笑った。「忙しいだ？　ガキが一丁前に……」。その後に何か呟《つぶや》いたようだったが、ドア越しなのでよく聞き取れなかった。

4

「さあ四回の表、〈チーム矢部〉の攻撃が始まりました。ピッチャー振りかぶって第一球を投げた。ストライク。内角低めの難しいコースに決まった。見逃してもしかたがないところです」

〈チーム矢部〉が一塁側に、〈野口組〉が三塁側のベンチに陣取った今週の試合には、普段と同じで、三十人ほどの観客が集まっていた。

「現在の時刻は午後一時四十分。試合開始からはや三十分以上が経過しましたが、両者ゆずらずスコアは〇対〇であります。ピッチャーは今回チームのキャプテンを務める営業部主任の野口です。変化球を軸としたコンビネーションピッチャーですが、ここまではストレート主体でおしています。さてその野口が、いま、振りかぶって第二球を投げました。今度は外角高めのストレート。空振りストライク。これもぎりぎりいっぱい厳しいコースに決まった」

「恭平さん、すごいね。社員の名前も特徴も、全部調べてきたんだ」

隣からそう言ってきた司は、もうプロテクターはしていない。

――ボールが飛んできたらぼくが捕りますから。

康則に申し出て、それらを外す許可をもらったことが、少し誇らしかった。

「まあな」

「どうやって？　父さんから教えてもらったの？」

「それは秘密だ。いいから黙っておれの実況を聴けよ。――さあ、三球目はどうなるか。いったんバッターは製作部の高村《たかむら》です。ピッチャーの投球テンポが少し速いのを嫌ったか、いったん打席を外しました。この高村、低いボールが来るとつま先立ちになり伸び上がり、高いボールが来るとしゃがむように腰を折ってきます。ピッチャーは投げづらいし、球審にとっては判定しづらいという、何とも嫌らしい小技を使う老練な選手です」

そのとき一塁側に設けられたベンチの下から、何かがファーストベースの方へ飛び出してきた。白と茶色の、しなやかに動く物体だった。

猫だ。

蝶でも追いかけているのだろうか、猫はセカンドベースの近くまで行き、そこで一度小さくジャンプしたかと思うと、百八十度方向を変え、また一塁側ベンチの下へ潜り込んで姿を消した。

このちょっとした珍事に、観客席からまばらな歓声が起こった。

それを聞きつけたようだ、「何かあった？」と司が訊いてくる。

野良猫が乱入したんだ――そう説明しようとして断念したのは、早くもピッチャーが投球モーションに入ってしまったからだった。審判もプレーを中断しようとはしなかった。しかたなく、何でもない、とだけ囁《ささや》いておき、実況中継に戻る。

「さあ、ピッチャー第三球を投げた」

キャッチャーのミットが立てたパーンという音が、この外野席までよく聞こえた。球威はかなりのものだ。さすがに野球経験者ばかりを採用しているとあって、ここの紅白戦はレベルが高い。

だが、ジャッジの正確さには疑問符がつくかもしれない。いまのボールについて、球審はまた片手を突き上げストライクを宣告したが、こっちの目には外角に大きく外れたように見えてならなかった。

「三球目もストライク。見逃し三振です」

バッターの高村にしても、今日は少し覇気がないようだ。何かしらアピールがあってもいいようなものだが、おとなしくベンチへ引き返していく。

こうして四回の表が終わり、五分間の休憩タイムに入ると、プレハブ小屋から人影が出てきた。帽子の上に鉢巻を締めているのがこの距離からでもよく分かるのだから、黄色と黒のコントラストというのは強烈だ。その後ろ姿は、トイレのある方へ向かって小走りに駆けていった。

「恭平さん、来週もここに来てくれますか」

そう訊いてきた司の顔は上気していた。ゲーム内容が把握できるのとできないのとでは、やはり興奮の度合いが段違いらしい。

「ああ。来てやるよ」

「ありがとうございます。――話はちょっと変わりますけど、グランドソフトボールって聞いたことありますか」

「ハンドボールみたいなのを転がして、野球のバットで打つやつだろ」

たしか、視覚障害者のために作られた競技だ。

「そうです。来週、試合が始まる前に、それでぼくと勝負してもらえませんか。父さんがやってもいい、って言っているんです」

「分かった。だけど、どんな勝負だ」

「恭平さんが三球投げて、そのうち一球でもぼくがプレイングフィールド内に打ち返せたら、ぼくの勝ちです。父さんが実況中継してくれるそうです」

手加減しないからな。そう伝えるつもりで司の手に自分の拳を軽くぶつけてやったとき、トイレの方から康則が戻ってきた。

その姿がプレハブ小屋へ入ってしまう前に大きく腕を振ってやると、目に留まったらしい、康則も足を止め、こっちへ向かって片手を挙げてよこした。

四回の裏からは一転して打撃戦となった。

七回の表に入り、一点ビハインドの〈チーム矢部〉が攻撃に移ると、バッター二人が連続してヒットを放った。

「さあ、ゲームは緊迫してまいりました。〈チーム矢部〉が立て続けにランナーを出し、現在、無死一塁二塁。もしここで次の打者がサードゴロでも打てば面白くなります。三塁でフォースアウトになったあと、セカンド、ファーストとボールが渡ってトリプルプレーが成立するケースです。なぜこんなことを言うのかといえば、ここでバッターボックスに入った経理部の井出《いで》が、非常にサードゴロの多い選手だからであります。さあ、本当に目が離せなくなってき――」

そこで恭平は言葉を切った。

「どうしたの」司が顔を向けてくる。

「ちょっと待て」

慌てながらウエストポーチの中に手を入れた。何かの拍子にFMラジオのダイヤルが動き、周波数がずれてしまったようだった。

「もしかして恭平さん。さっきからずっと――」

司の眉間《みけん》に皺《しわ》が寄った。

少したじろいでしまったのは、康則の放送を聴きながらそのまま言葉を真似ていたのがバレたからではなかった。眉根を寄せた司の顔に、けっこう凄みがあったからだ。外したのはプロテクターだけで、サングラスはまだかけている。

「許せ。だって本当に難しいんだ、これ」

この一週間の練習で腹式呼吸は自然にできるようになったが、実況中継のアナウンスだけはどうしても上達しなかった。今日の試合で、一回の表からいままで、康則の言葉を一字一句残らずなぞって喋り続けてきたのは、しかたのないことだった。

「酷い。いんちきだ」

「それより、貸せ」

「何をですか」

「手だよ」

恭平が司の右腕をつかみ、自分の方へ引き寄せると、司の眉が今度は不安げに八の字を作った。

「心配すんなって」

ランナーが二人も出ている。打てば、いっせいに皆が動く。ここから先は中継が難しくなる。康則の言葉を追いかけようとしても間に合わないだろう。かといって、複雑な状況を自分の口できちんと伝えることができるとも思われなかった。

案の定、井出というバッターの打った球はサードゴロだった。三塁手がベースを踏んだあと、ボールがセカンド、ファーストと渡るたびに、恭平は司の手の平に「5」「4」

「3」と数字を書いていった。

そんなふうにして、トリプルプレーが生み出す興奮の何割かを、どうにか司に伝えたときだった。ナップザックの中で携帯電話のコール音が鳴っているのに気がついた。

モニターに表示されている電話番号は自宅のものだった。母親からのようだ。

「はい。恭平だけど」

《落ち着いて聞いてね》そういう母親の方はまったく落ち着きを失っていた。声がかすれてしまっている。恭平は端末を耳に押し付けた。

《い、いま警察から連絡があってね、父さんの事務所に、泥棒が入ったんだって》

グラウンドでは、勝利した〈野口組〉のメンバーが円陣を組み始めたところだった。

《そこに、ちょうど父さんが居合わせてしまってね、それで、その泥棒に》

唾《つば》を飲み込もうとしたが、できなかった。ここまで喋りすぎたせいか、それともいま耳にしている知らせのせいか、いつの間にか喉が干上がってしまっていた。

《襲われたみたいなの》

母親の言葉は、円陣から上がった勝鬨《かちどき》の声にほとんどかき消された状態で耳に届いた。

中心を外し、右半分だけを握った。あとはストレートと同じ感覚で、ボール当て用の壁に向かって投げてみる。

頭に描いたイメージでは、左の方向へゆるやかに曲がっていくはずだった。だが実際のところ、薄汚れた軟球は、ほとんど真っ直ぐの方向にしか進んでいかなかった。

もう五十球ほども投げたか。無理に捻ったつもりはないのだが、肘《ひじ》に鈍い痛みがある。

恭平はいったんグローブを外した。

財布を探ると百円玉が三個だけ入っていた。近くの自動販売機でカップ入りのアイスクリームを買ってから、公園のベンチに腰掛けて食べた。

空になった容器を捨てようと、屑《くず》入《い》れのところへ行ったとき、

「カーブの練習かい」

誰かに声をかけられた。手洗い場の方からだ。

そちらを見やると、大人の男が二人、並んで立っていた。一人は五十歳ぐらいで、もう一人はその半分ぐらいと見えた。

「いけないな。小学生は変化球を禁止されているはずだろ」年配の方がそう言ったあと、

短く笑って手を振った。「いや、別に咎《とが》めるつもりはないけどね。――ちょっとこっちに来てごらん」

その言葉に従ったのは、二人の男が怪しい人物とは思えなかったからだ。どちらも背広を手に持ち、ネクタイをきっちりと締めている。

「やみくもに投げても、ボールは曲がらないよ。変化球を投げるには、その科学的な仕組みを知らなくちゃならない。きみはカーブの原理を説明できるかい」

「……いいえ。はっきりとは……」

「じゃあ教えてあげよう。ただし頭で知るだけじゃ駄目だ。どんなことでも体で覚えるに限る。だから実験をしてみようじゃないか。――いまアイスのスプーンがあるよね。それを、こう持ってみて」

年配の男が親指と人差し指で輪を作るようにした。柄の端をつまむようにして持ってみろ、という意味らしい。

そのとおりにすると、男は水道の蛇口を捻った。水が出始めたが、それで何かを洗う様子はなかった。代わりに手招きのような仕草をしてくる。しゃがんでごらん、と言っているようだ。

「スプーンの背中を、この水に近づけてみて。背中だよ。膨らんでいる方」

言われたとおりにしたところ、膨らんでいる部分に水が触れた瞬間、スプーン全体が急に流れの方へぴたりと吸い付けられた。

「それがカーブの原理だよ」

言って、男はさらに蛇口を捻った。水の勢いが増すと、スプーンはもっと強く流れに吸い寄せられ始めた。

「ボールも、スプーンの背中と同じように膨らんでいるだろう。飛行機の翼だって同じで、上の方が丸く盛り上がっているよね。そういう形をした面というのは、空気の速い流れに触れると、そっちの方向へ引き寄せられていくんだよ」

「だから飛行機は、空を飛べるんですか」

「そう。そしてカーブの理屈も同じなんだ。投げたボールは、絶えず前の方から空気の流れを受けるよね。それを踏まえたうえで、いまボールの右半分を持って投げたとする。その握り方だと、投手の目から見て、ボールには右側から左側に向かって回転がかかることになるだろ?」

「はい」

「するとボールの右側が作る空気の流れは、前から来る空気の流れと反対になってしまう。だから、二つが打ち消し合ってしまい、こっちの側では空気の流れが遅くなるわけだ」

その反対に、ボールの左側は、前から来る空気と同じ方向に回転している。すると二つがプラスされ、左側では空気の流れが速くなる。だから右投手のカーブは左に曲がっていくわけか。

「どうやら、しっかり理解できたみたいだね。——じゃあ、もう少し練習してみようか」

年配の男が、若い男へ目配せをした。

若い方が一歩前に出てきて言った。「ぼくがキャッチャーになるよ。そのグローブを貸してくれないか」

小脇に挟んでいたグローブを渡してやると、若い男はそれを嵌め、壁の前にしゃがんだ。

「さあきた」

投げてみた。回転をかけるよう意識しすぎたせいで暴投になったが、若い男は飛びつくようにしてグローブにボールを収めてくれた。転がして返してよこす。

二投目は、リリースの瞬間に、指先でボールを弾くようにしてみた。すると、気のせいかもしれないが、イメージに近い形で曲がったように見えた。

「その調子だよ。——さてと」年配の男が空咳《からぜき》をした。「きみは逢戸恭平くんだよね」

「そうです」

「わたしの名前は目黒《めぐろ》。そっちの若いのは柴山《しばやま》だ。二人とも墨崎署の者だよ。——お父さんの事件について知りたいんだが」

目黒がそう言うと、柴山の顔つきも引き締まった。

「きみを疑っているわけじゃないが、念のため、一昨日《おととい》のことを教えてほしい。八月二十三日、日曜日の昼過ぎ、恭平くんは、どこで何をしていたのかな」

「『木之内スポーツ製作所』のグラウンドにいました」

「草野球の試合を見ていたんだね。あそこの社員たちがいつもやっているやつを」

あのグラウンドのすぐ隣が墨崎署なのだ。毎週日曜日に行なわれる紅白戦を、刑事たちが知っているのは当然だった。

「はい」

「それは何時から何時までかな」

「試合が始まったときから終わったときまで、ずっとです」

「すると午後一時から午後二時三十分までだね」

父親が、自分の経営する事務所で、泥棒に襲われたのは、午後一時から一時半までの間である――そう警察からは教えられていた。〈チーム矢部〉対〈野口組〉の試合で言えば、一回の表から三回の裏が行なわれていた時間帯になる。

「それを証明してくれる人が、誰かいるかな」

「ぼくが野球を見ていたことを、ですか」

「うん。――念のため繰り返すけど、きみを疑っているわけじゃないから、何も心配しないように。関係者のアリバイはすべて洗う決まりになっているから訊いているだけだよ」

「子供でも証人になれますか」

「なれるよ。子供の証言が、裁判で証拠として認められた例はいくつもある。一番幼い子は、たしか満三歳八か月だったはずだ。でもまさか、きみの証人はそこまで小さくはないだろ？」

「はい。小学五年生です。名前は木之内司といいます」

ただし目が不自由ですが、とまでは言わないでおいた。

「木之内ね。もしかして、あそこの社長の子供かな」

手帳にペンを走らせる目黒に向かって、小さく頷いてやった。

「きみと司くんは、どこで見ていたの？　一塁側？　三塁側？　それとも外野席？」

「外野席です」

「だったら、社長の木之内さんも、きみがずっと観戦していたことを証言してくれるかもしれないね。あの放送席からなら、外野席がまっすぐ前に見えるだろうから」

その言葉には黙っていると、柴山が勢いよくグローブを叩いた。

「ほら、もう一丁」

目黒も、投げてみな、というように小さく顎《あご》をしゃくってみせる。カーブの練習をさせながら話を続けるつもりのようだ。こっちを緊張させないようにとの作戦だろう。

投げたところ、今度は完全な暴投だった。すっぽ抜けたボールは、一度壁に当たったあと、手洗い場の方へ転がっていった。

取りに行こうとすると、目黒に引き止められた。

「きみのお父さんは、いろんな人を助けていた。主に、中小企業の社長さんたちをだ。だけどね、こんなことを息子のきみに言うのは酷だが、その反対に、彼らをうんと困らせてもいた」

「……知っています」

「きみの家には、その社長さんたちが頻繁に訪れるそうじゃないか。おそらく借金の返済を待ってくれるように頼むためだろうね」

警察は父から金を借りている人物を犯人だと睨《にら》んでいるようだ。自分もそう思っている。不当に高い利息を取られたのなら、取られた分を自力で取り戻せばいい――その考え方に不自然なところはないように思える。

「わたしの経験から言わせてもらえば、小さな会社の社長さんはね、たいていみんな、いい人なんだよ。本当に善人ばかりだ。だけど、社員の生活を守るために、必死になりすぎてしまうんだろうな。ときどき、間違ったことをしてしまう人が出てくるんだ……。恭平くん、きみは、誰かと会ったことがある？　名刺を置いていく社長たちのうちの誰かと」

何人かと何度か玄関口で挨拶をしたことがあるだけだった。そのとおりに答えた。

「じゃあ、知っている人の名前を挙げてみてくれないかな。人の名前が無理なら会社名でもいいよ。業種だけでもかまわない」

〈タイトー印刷〉〈小木《おぎ》メリヤス工業〉〈木工家具のイマムラ〉〈岩峯《いわみね》鉄工所〉……。記憶にある社名をいくつか挙げるたびに、目黒は、手帳を捲りながら渋い顔をした。どの会社の社長にもアリバイがあるらしい。

「きみはもしかしたら、お父さんのことがあまり好きじゃないのかもしれないね。だけど、これはわたしの勝手なお願いなんだが、犯人の方をこそ、もっと嫌いになってほしい。もっと憎んでほしい」

ぐるぐると頭に巻かれた白い包帯が脳裏をよぎった。事務所にあった金属製の重い灰皿で頭を殴られたという父は、いまも意識不明の状態で病院のベッドに横たわっている。ボールを取りに行っていた柴山が戻ってきた。アンダースローでこっちに放り投げてよこす。両手を使ったが、それでも受け損ねた。

「じゃあ、今日はこれで。邪魔したね。もしこの事件について何か思い出したことがあったら、いつでもここに連絡してくれないかな」

目黒が差し出してきた名刺に、ぽつりと一つ水滴がついた。

遠くで雷鳴が轟《とどろ》いた。

どこから借りてきたのだろうか。手にしたグランドソフト用のボールは、ずいぶん使い込まれたものらしく、表面の革には細かいひびがたくさん入っていた。直径は二十センチほどもありそうだ。普段、野球の軟式ボールばかりを握っている手には大きすぎた。持っていると、自分の手が縮んでしまったかのような錯覚を感じてしまう。

右のバッターボックスで片膝をつき、地面にバットを寝かせて構えた司は、さしずめ小さな侍といったところだった。けっこうサマになっている。

6

ホームベースに向かって、できるだけゆっくりと転がした。ただしリリースの直前に、カーブの原理を思い返しながら、手首を捻って横回転をかけてやった。

《恭平選手、第一球を投げました》

足元に置いたFMラジオが康則の声で言った。バッターボックスの脇にももう一台、同じラジオが置いてある。どちらも会社側が準備してくれたものだ。今日だけは司にも父親の実況を聴くことが許されていた。

近づいてくるボールの音にじっと耳を傾けていた司は、ここぞというタイミングでバットを振った。

だが、快音は響かなかった。

ボールの通り道に小石でも落ちていたらしい。ホームベースの手前で、突然不規則に高く弾んだボールは、バットをひらりと飛び越え、キャッチャーの腕に収まった。

《おっと、これは不運としか言いようがない。司選手のバットは、ものの見事にボールから嫌われました。ここで社員諸君へ社長から重要な連絡です。グラウンドの整備は念入りにやっておきましょう》

一塁、三塁、両方のベンチから小さな笑い声が起きた。

二球目。またゆるくカーブの回転をかけて、ただし今度はイレギュラーなバウンドを避けるため、先ほどよりもさらに遅いスピードで投げてやった。

司がスイングをした。横回転のせいで外側へ逃げていったボールは、バットの先端に当たり、一塁線のほぼ真上を転がっていく。

《打球はラインを割りました。惜しくもファウルです》

そのとき、一塁側のベンチから一頭の犬が飛び出してきた。三メートルほどの距離を一瞬で駆け抜け、ボールにじゃれつき、勢いあまって後ろ足をスリップさせる。犬のリードを持っている人も立ち上がり、なだめにかかった。

《おっと、ここでハプニングです。観客の方が連れてきたと思われる大型犬が、ファウルボールをキャッチ。そして、これは飼い主さんでしょうか、若い男性も出てきて、いま、ボールが戻されてきた。

「悪い。見せるじゃなくて、触らせるの間違いだった。さ、来いよ」

手を握ったまま、一塁側のベンチへと足を向けた。

司の顔がこっちへ向いた。サングラスに陽光が反射する。「見るのは無理だよ」

るようだ。その手をそっと取り、恭平は言った。「おいで、いいものを見せてあげる」

司はまだバットを握ったまま顔を一、二塁間の方へ向けていた。快打の余韻に浸ってい

トを後にします》

《司選手やりました。値千金のライト前ヒット。一方の投手、恭平選手は、敗れこそしましたが、この勝負に満足したのでしょう、さばさばとした表情で、いまピッチャープレー

げ、バッターボックスに向かって歩き始めた。

そのボールが完全に止まるのを見届けてから、恭平は足元の地面からラジオをつかみ上

打球は、一、二塁間を破り、ライト前へ速いスピードで転がっていった。

《流し気味のうまいバッティング。これはいい当たりだ》

属バットの真芯に当たったときだけ聞くことのできる音だった。

司はバットを少し地面から浮かせて振った。ぱおん。透き通った音がした。ボールが金

三球目はカーブをかけずに、真っ直ぐ転がした。

再び観客の間から笑い声が起こるなか、一塁ベンチからボールが戻されてきた。

どうにかボールを取り戻しました》

「試合開始まであと十五分しかないぞ。グラウンドの整備、急げっ」

放送室から出てきた康則の号令で、一塁側、三塁側に控えていたユニフォーム姿の社員たちが、トンボやローラーを持って動き始めた。ほかの社員たちは周りのゴミを拾い始める。

「あっ。さっきのワンちゃんかな」司が言った。

一塁側ベンチでハァハァと舌を出しているゴールデンレトリバー。そこまでの距離は、まだ十メートルばかりあったが、彼の耳は早くも犬の荒い呼吸音を聞きつけたようだった。

「そうだよ」

リードを持つ役を引き受けてくれた男——刑事の柴山に向かって目礼をしてから、恭平は司の指先を犬の首あたりに触れさせてやった。

「これってもしかして、番吉？」

「正解」

「今日は連れてきてあげたんだね。——あ、こんにちは」

柴山の気配を察したらしい。彼の方へ向かって司は帽子を取った。こっちの父親だと勘違いしたのかもしれない。

柴山は隣に座っている目黒の方へ視線を送った。

「こんにちは」

目黒が司に挨拶を返す役目を担う。

「さっきの二球目だけど」恭平も番吉を撫《な》でてやりながら、司に言った。「こっち側にファウルを打ったよな」

「うん」

「あれは、ボールに横回転をかけて、わざと一塁ベンチの方に打たせたんだ」

「そうだったの。ぼくを打ち取るため？」

「いや、別に理由なんかない。ちょっとした遊びだよ」

その答えは嘘《うそ》だった。本当は、確かめるためにそうしたのだ。ファウルボールにじゃれついた犬のことを、康則が実況中継するかどうか。その点を確かめるために。

するだろうことは分かっていた。バットの先に止まった蝶のことも、セカンドの前を一瞬横切ったツバメのことさえも逃さず伝えたぐらいだ。康則はいつも実況中継の際は、グラウンドの隅々に目を凝らしていた。試合中に起きた出来事ならば、どんなに小さなものでも逃さず電波に乗せることを心がけていた。

だとしたら、その康則はなぜ、あれについてだけは一言も触れなかったのか。

八月二十三日、〈チーム矢部〉対〈野口組〉の四回表に、グラウンドに闖入《ちんにゅう》してきたあの猫についてだけは――。

背後で快活な足音がした。近づいてくるのは康則だった。今日もキャップの上から黄色い鉢巻を締めている。そして右手には大きな手提げ袋を持っていた。

「さあ、これで約束を果たしたよ」

手提げ袋を差し出してきたあと、息子と同じ勘違いをしたらしい、康則もまた刑事たちに向かって帽子を取った。

先週の火曜日、目黒の口ぶりによれば、警察は、この康則を完全に容疑の圏外に置いているようだった。当然だろう、ちょうど犯行のあったとき、野球の試合はいつものとおりミニＦＭで放送されていたし、これもいつもどおり、警察官の中にもそれを聴いていた人が何人かいただろうから、彼ほどアリバイがはっきりしている人物はいない。

だが、よく考えてみれば、その場にいなくても「実況中継」をする方法はあるのだ。あらかじめ台本を作り、そのとおり読み上げて録音しておく。あとは、その音声に合わせて社員たちにプレーをしてもらえばいい。

そんなことが可能なのか？

できないことはない。この会社は康則の統率力によって動いている。そして誰もが本格的な野球経験者で、技術のレベルは高い。

ボールはどこに転がっていくか分からない。いくら上手い選手でも、バットに当ててしまえば台本どおりのプレーは難しくなる。だが、バッターがわざと三振をし、投手と捕手のキャッチボールだけでゲームを進めるとしたら、それは容易だろう。そして現に、八月二十三日の試合は、四回の表までずっと投手戦だった。

最初プレハブ小屋にいた人物は、おそらく替え玉だ。四回表が終わったあとの休憩時間を利用し、父の事務所から戻ってきた康則と入れ替わった。試合の中間に五分間の休みを作ったのは、朝から県のアマチュアリーグの試合もこなす選手たちの疲れを考えてのことだろう。そうした空白時間があらかじめ用意されていたことも、今回の計画を後押しする要因になったのかもしれない。

康則が司に自分の放送を聴かせないようにしていたのは、犯行に備えてのことではなかったか。敏感な耳が、録音であることを見破ってしまうのを恐れたからではなかったのか。だが、このトリックには一つ問題があった。当日、突発的な出来事が起きたとしても、それを放送できないという点だ。だからあの猫についての言及がいっさいなかった。

手提げ袋の中には新品のグローブが入っていた。

黙って受け取り、頭だけを下げた。自分の肉親を襲ったかもしれない相手に向かって、ありがとうございます、の一言を口にするのは、やはり簡単ではなかった。

そのことを別に奇異と思ったふうもなく、康則は言った。「そういえば恭平くん。まだ教えてもらっていなかったね」

「……何をですか」

「きみの苗字を」

こっちが口を開いたのと、二人の刑事が康則に一歩詰め寄ったのは、ほぼ同時だった。

白秋の道標《みちしるべ》

1

朝食のテーブルにつき、拝原俊輔《はいばらしゅんすけ》は朝刊を広げた。
見出しにざっと目を通す。医療ミス、登山中の事故、最新の健康法……。興味を持った記事はいくつかある。

読み始めようとしたが、すぐに紙面から顔を上げた。麻耶《まや》の足音がしたからだ。

麻耶はA4サイズの紙を何枚か手にしていた。向かい側の席につき、紙の束は裏返しにしてお櫃《ひつ》の横に置いたあと、こちらの湯呑みに茶を注いでくる。

「ありがと」

「今日の仕事は？　患者さんは何人ぐらい」

「四人だけだよ」

閉院を決めて以来、新規の患者はとっていない。午後からは外来の診察を打ち切り、地元の中小企業から要請のあった健康診断を受け付ける予定になっている。

「義母《かあ》さんはどうした」

普段なら寿美子《すみこ》も一緒に朝食をとるのだが、いまは姿が見えない。

「今日は早く出るって。昨日そう言わなかった？」

十月初旬。冬の足音をかすかに聞くこの季節から、縫製会社の忙しさは次第に加速していく。

「そうだったな。――じゃあ念のため、お昼は何も食べないようにって、あとできみから義母さんに伝えておいてもらえるかな」

今日健診を予定しているのは、寿美子が経営する縫製会社の社員十人だ。

「分かった。だけど、いいの？　あなたが母さんを診《み》ても」

「どういう意味だ」

「医者って、自分の家族の診断はできないものでしょう。いまわたしが通っているクリニックの先生も言っていたよ。『いろいろ推量が入るから、自分の娘だけは治せない』って」

娘、か……。

内科の開業医に婿として入ったのが七年前になる。すぐにでも子供が欲しかった。自分も麻耶も、第一子として望んだのは女児だった。〝穂乃実《ほのみ》〟という名前まで決め、さらに先走ってベビー用品をいくつも買い込んだ。

出生時の体重は三千グラム。最初に喋《しゃべ》る言葉は「ばあば」。お気に入りは赤いリボン……。夫婦が顔を合わせるたびにイメージを話し合い〝穂乃実〟像を作り上げていった。

先代――麻耶の父はほどなくして交通事故で亡くなったため、自分が病院の看板を背負うことになった。

プレッシャーに苦しんだが、それより問題なのは、子供ができなかったことだ。

専門医の元に足を運んだ結果、着床障害と診断された。麻耶は皮膚科医という仕事を捨ててまで治療に専念したが、成果は一切出なかった。

そこで、代理母出産という選択肢を、かつて麻耶に提案してみた。適当な若いホストマザーを誰か見つけ、代わりに産んでもらってはどうか、と。しかし麻耶は、赤の他人から産まれた子供では十分に愛せそうにない、とはねつけた。

一致したのは、養子をとるつもりはない、という点だけだった。二人とも血筋に拘《こだわ》った。互いに意地を張り続けた結果、フラストレーションを溜め、衝突を重ねた。手首を切る、喉元《のどもと》を突く、薬を大量に飲む――麻耶にいたっては何度か自殺未遂を繰り返しさえした。

夫婦関係を終了する、との方向で二人の意向が一致したのは、二か月前のことだった。合意の翌日には、離婚届を役所に出していた。

「まあ、健診ぐらいは別にかまわないさ」

答えて俊輔は尻の位置を直した。残る諸々の手続きが済み次第、出て行くことになっている家。そんな場所にある椅子というのは、妙に座り心地が悪い。

「で、きみの予定は」

麻耶は小さく首を横に振った。特になし。いつものように家事をするだけ、ということだ。

「次に医者へ行くのはいつ？」

麻耶は寿美子に付き添われ、遠隔地にあるマタニティクリニックに、いまも通い続けていた。そこは代理母出産を積極的に手掛けることで有名な医療施設でもあった。だから、ようやく麻耶も折れ、こちらの考えに賛同するつもりになったか、と密かに期待したものだ。

しかし、彼女がホストマザーの候補者について相談を持ち掛けてくるようなことは、今日に至るもついぞなかった。

「来週」

「そう。——ところで、麻耶、これ」

俊輔は自分の頭を指差してみせた。いま麻耶は髪に赤いリボンターバンを巻いている。それを注意したのだ。

「ごめんなさい」

　麻耶は、のろのろとした動作でターバンを外しにかかった。赤いリボンのように〝穂乃実〟を思い出させるものは、身につけない約束をしているのだが、ときどき彼女は破ってしまう。

　麻耶がターバンをくしゃっと丸めるように畳み、膝の上に落とすのを待ち、俊輔は次の言葉を口にした。「義母さんの会社にさ、今年の春に新しく入った娘《こ》を知っているよね。十六、七ぐらいで遊び好きふうの」

「大野《おおの》遥《はるか》ちゃんのこと？」

「そう。彼女にも、時間どおり姿を見せるように言っておいてくれないかな」

　入社前にも健康診断があったのだが、遥は二度ばかり無断ですっぽかしていた。

「分かった。――じゃあ、わたしの頼みも聞いてもらえる？」

　俊輔が味噌汁を口元に持っていきながら頷《うなず》くと、麻耶はテーブルに伏せていた紙の束を裏返した。表題部に「分割財産一覧」とあるのが見えた。

　以前、何度も目にしている書類だった。左側に夫婦の財産がこと細かに記してある。右側には「麻耶」と「俊輔」の欄が設けてあり、離婚に際してその財産を受け取る方に○印が記入してあった。この住宅や隣接する医院といった不動産には「麻耶」の欄に○がついているし、自家用車には「俊輔」の方にそれがあるといった具合だ。

「まだ一つ、あったの。どっちの財産にするか相談していなかったものが」

「本当か」

さんざん調査してリストアップしたのだ。この一覧表から漏れた財産などないはずだが……。

麻耶は最終ページの最下段を手で覆《おお》っているが、隠し切れていない部分もあり、そこから妙に波打った線がちらりと見えた。パソコンで作られた表に、彼女は急遽《きゅうきょ》、一行を手書きで付け加えたようだ。

麻耶が手をよけた。思ったとおり、彼女の字でリストの最下段に一行が足されてあった。達筆といっていい麻耶だが、彼女がそこに細いサインペンで書き入れた文字は、わずかに乱れていた。

「それか……」

もうすっかり忘れていた。たしかに、夫婦で病院回りをしたときにこれを作った。以前なら非常に大事なものだった。自分の命ほどにも。

だが、いまとなっては、どうだろうか。

「わたしに謝らせて」

「なぜだ」

「離婚したあとも、あなたに同意を求めないまま、これを勝手に使っていたから」

「いいよ、別に」

「そう……。これ、あなたには必要？」

サインペンで手書きした文字――【凍結受精卵】――を指差しながら、麻耶が訊《き》いてきた。

要らない。もうおれには関係ない。いくらでも好きに使って治療を続けてくれ。そう答える声を胸のうちにはっきりと聞いた。だが軽々しく即答できる問題でもない。

「しばらく考えさせてくれないか」

形ばかり取り繕って答え、俊輔は席を立った。

2

「食欲は？」

「あるよ、普通に」

「夜はよく眠れてる？」

「あんまり」

「どうしてかな」

「だって、誰にでもあるじゃん。悩み事ってもんが」

「どんな悩み？」

「先生には関係ない」

「酒や煙草《たばこ》は？　まさかやっていないよね」

「だから、先生って、わたしの親父だっけ？」

遥の言葉遣《づか》いに、俊輔は持っていたボールペンの尻で自分のこめかみを叩《たた》いた。あまり苛《いら》つかせるな。そう無言で伝えてやると、相手はピアス穴の開いた耳を触りながら横を向いた。

「やってねえよ。酒も煙草も」

「視力、聴力、血圧は？　もう終わったね」

「とっくに」

「じゃあ、あとはこれだけだ」

遥に検尿コップとサインペンを渡してやった。「名前を書いて、トイレに行って。それが済んだらさっさと帰りなさい」

遥が出て行くと、入れ違いに診察室に入ってきたのは寿美子だった。

「お義母さん、すみません。お待たせしました」

「こっちこそごめんなさいね。社員教育ができていなくて。ミシンの腕は悪くないんだから、あとは礼儀というものを知ってくれさえすればいいんだけど」

「あの子、ちょっと元気がないようですが。もしかして、会社で何か嫌なことでもありましたか」

先ほど対峙《たいじ》した遥は、終始どこか浮かない顔をしていた。

「俊輔さんも気づいた？　そうなのよね。つい最近まで『彼氏ができた』って喜んでいたんだけど、そのあとで何かあったみたい」

「そうですか……」

新たに取り出した寿美子の問診票で、寿美子の年齢が五十六であることを確認した。自分より二十、麻耶より二十二歳上だ。彼女は体格もいい。いま測った数値によれば、体重は七十キロを超えていた。これもこっちを凌駕《りょうが》しているし、麻耶と比較しても一・五倍ほどある計算になる。

一通り問診を終え、寿美子に検尿コップを渡したとき、気づいた。今日は、まだアザミに餌《えさ》をやっていなかった。

寿美子と一緒に診察室を出て、待合室に向かった。

待合室の一角には一辺四十センチほどの水槽が設置してある。寿美子がトイレへ行くのを見送り、俊輔は水槽の前にかがみこんだ。

ガラス板の向こう側で、朱色をした一匹のアフリカツメガエルは、いまちょうど脱皮を終えたところだった。

両生類や爬虫《はちゅう》類を飼うのは子供の頃からの趣味だった。珍しいということで、ありきたりの熱帯魚などより、よっぽど患者に喜ばれている。もちろん、気味が悪いから水槽を撤去してほしいと言ってくる者も、たまにはいるのだが。

アザミが脱ぎ捨てた皮膚は薄かった。内側に張った深さ二十センチ弱の水は、先週取り替えたばかりだから、まだ濁ってはいない。クリアな水の中に漂う、これも同じようにほとんど透明なその脱皮殻を、カエルは前足を使って器用に丸め、口に放り込んだ。

「ごめんな」

そこまで腹を空かせているとは思わなかった。俊輔は、持参した袋の中から、砕いて小さくした煎餅《せんべい》のかけらをつまみ、水槽に入れてやった。

給餌《きゅうじ》しながら玄関口の方を見やると、そこでは看護師の一人が、今日の午後は休診であることを知らせるプレートを自動ドアに掲げていた。

患者用の下足箱には、寿美子のパンプスに加えて、遥が履いてきたと思しき厚底のブーツサンダルもまだ残っている。もうとっくに採尿を終えて帰ったと思っていたのだが、まだ院内にいるらしい。

プレートを掛け終え、戻ってきた看護師に訊いた。「遥ちゃんはどこ」

「いまトイレに入っています」

たかが一度の採尿ごときに、そんなに時間はかからないだろうに……。その疑問が顔に出たか、看護師が先回りして教えてくれた。「いま入ったばっかりなんです。その前まで、しばらくそこで水槽を眺めていましたので」

待合室からは女性用トイレの入り口が見えた。ドア前には二人分の屋内スリッパが脱ぎ置かれてあった。女性用トイレに個室は二つある。寿美子と遥、同時のタイミングでの採尿となったようだ。

ほどなくしてトイレのドアが薄く開き、遥が顔を覗《のぞ》かせた。

「先生、足りない」

「何が」

「トレーっていうの？　ほら、コップを置くやつ」

言われてみればそのとおりだ。今日、健診に訪れたのは十人。だが、いま女子トイレに用意してあるトレーは、正方形を仕切り板で三×三の九マスに区切ったものだった。

「一つは脇にでも置いといてくれ」

遥が面倒くさそうに頷き、顔を引っ込める。

ややあって、先にトイレから出てきたのは寿美子の方だった。

「それじゃあ俊輔さん、どうもお世話さまね」

「こちらこそ、お疲れさまでした。お義母さんは、これから会社に戻って、引き続きお仕事ですか」

「いいえ、今日はもうおしまい」

家に帰って、明日の登山の準備をします。そういい置き、寿美子が出て行った。

その後二、三分してから、ようやく遥がトイレから出てきた。だが彼女は玄関口に向かわず、水槽の横まで歩み寄ってくる。

「どうした？ 採尿はもう済んだんだろ。だったら早く帰りなさい。もう閉めるから」

「ちょっと教えてほしいんだけど」

「どんなことを」

「注射器って、どこで買えるの」

「……まさか、悪い薬でもやるつもりじゃないだろうな」

「余計な心配しないで。わたしね、薬って名前がつくものは全部嫌いなの」

「うちでは専門のメーカーが売りにくるから、それを買っているだけだよ」

「普通の人は、どこで手に入れられる？」

「さあな。雑貨屋にでも訊いてみな」

「分かった。もういい」

そう答えたものの、遥はまだ帰ろうとせず、今度は水槽の横にしゃがみこみ、アザミに視線を向けた。

「これさ、アフリカツメガエルだよね」

「そうだ。よく知ってるな」

「男の子？　女の子？」

「雌だ。名前はアザミ。体の色が朱色だろ。そこからつけた」

「あそこで光ってる丸いものは？」

遥は水槽の一角を指差した。右隅に設置した人工水草の根元あたりだ。底に敷いた砂利《じゃり》に半ば隠れて、小さな銀色の環が一部顔を覗かせている。

「よく見つけたな」

俊輔は自分の左手を目の高さまで持ち上げると、甲の側を遥に向け、薬指を動かしてみせた。そこに先々月まで嵌《は》めていた結婚指輪は、すでになく、いまは皮膚の上に筋跡だけが残っている。

「じゃあ、あれ、指輪なの？」

「ああ」

麻耶と離婚することが決まったのが二か月前の八月三日。その日のうちに外してしまったプラチナ製のマリッジリングだ。

外したのはいいが、ただしまっておくだけでは惜しかった。有効な使い途《みち》はないかと考えた末、逢着《ほうちゃく》したアイデアは、プラチナの殺菌効果を利用することだった。水槽に発生するコケや藻の悪臭を、わずかでも抑えられるのではないか。これも実験だと思って投入してみた。効果のほどは、いまもよく分からない。生き物と金属は相性がよくはないだろう。が、アザミの体長は十五センチを超えているし、体重も三百グラム以上ある。指輪の一個ぐらいで具合が悪くなるほどヤワな体格でもないはずだ。

「先生、わたしと賭《か》けをしない？」

突然そう口にし、遥は羽織っていたカーディガンのポケットに手を入れた。そこから十円玉を取り出すと、床の上で硬貨を縦にして上部を指先で押さえた。その状態からコインの縁をもう一方の指ではじき、独楽《こま》のように回してみせる。

「先生がこうやって回す。そして十円玉が倒れる前に、わたしが当てるの。表が出るか裏が出るかをね。もし、当てることができたら、こっちの頼みを聞いてほしいんだ」

「頼みって、どんなさ」

「これ」遥は水槽を指差した。「アザミをわたしに貸してほしいの。二、三日でいいから」

「もしそっちが勝ったとして、どうやって持っていくつもりだ」

「これに入れてだよ」

遥は肩にかけていた安っぽいバッグの中から、ビニール製の袋を出した。

俊輔は遥の手から十円玉を受け取った。

「……いいだろう」

いま遥がやってみせたように床の上で硬貨を縦にし、指ではじいた。ほとんど同時に遥は「裏」と宣言した。

十秒間ばかり回転したあとで硬貨は倒れた。数字のある方——裏が上になっていた。

「明後日《あさって》ぐらいには返すね。安心して、死なせたりしないから」

片頰だけで笑いながら、遥は十円玉を回収しようと、床に腕を伸ばしてきた。だが、それを先につかんだのは俊輔の手だった。

「忠告しておくけれど、法律違反だぞ。硬貨を傷つけるのはな」

この十円玉の周囲には細工がしてある。半分は表面が、もう半分は裏面が鑢《やすり》で斜めに削ってあるのだ。だから、表が斜めになっている方を下にして回転させると、倒れた時は常に裏が上になるし、逆なら反対になるわけだ。相手がどんなコインの持ちかたをするか注意深く見てさえいれば、絶対に当てることができるという寸法だ。

「誰に教わったんだ、こんなインチキを」

遥は下を向いた。

「この前できた彼氏か」

俯《うつむ》いたまま睨《にら》んできた。

「たしかにぼくはきみの親父じゃない。きみもぼくの娘じゃない。だけど義母の部下となれば、赤の他人というわけでもない。だから一言忠告させてもらう。——碌《ろく》でもない男とは、さっさと別れた方がいいんじゃないか」

「……ほっといてよ」

「理由は何だ？　カエルなんて、若い女の子が欲しがるような生き物じゃないだろ。わけを聞かせてほしい。なぜアザミが必要なんだ」

「言えない……。そんなことより、貸してくれるの、くれないの」

「もちろん貸せないね。そっちはズルをした。しかもアザミはぼくの大事なペットだからな」

「ほんの二、三日でいいんだって。なんなら明日返しにくるから」

「あいにくと明日はやってない」

明日、二〇〇六年十月四日は水曜日。平日だが、臨時に休診することは一か月も前から患者に告知してある。

「何か予定でもあんの？」

「きみの社長から聞いているだろ。山登りに行く。女房と、義母さんとね」

隣県との境にあるK岳山頂までロープウェーで行き、峰続きのS岳へと縦走してから下山する計画だった。

自分と麻耶も大学のトレッキング同好会で知り合った仲だし、寿美子も若いころから山登りをしていたという。三人とも素人《しろうと》に毛の生えた程度の経験しか積んでいないが、結婚以来、登山は家族の定期的な行事となっていた。

「あっそう。ケチ」

能面のように感情を削ぎ落とした怒り顔を残し、遥はようやく帰っていった。

3

病院を閉め、隣接する自宅へ戻ると、麻耶が台所にいた。

洗いものをしているようだが、手が止まっている。プラスチック製の盥《たらい》に張った水に顔を向けているものの、目の焦点は定まっていない。夫婦仲がおかしくなってから、彼女はずっとこんな調子だ。

俊輔が肩に手を置くと、麻耶は何度か瞬《まばた》きを繰り返した。

「さっき妙な申し出を受けたよ。アザミを欲しいって人がいるんだ。もちろん断ったけれどね」

「誰なの、それ」

「大野遥さ」

麻耶は手にしていたスポンジを盥の中に落とした。シンクの前に立ったまま考え込む素振りを見せる。

しばらくしてエプロンを外すと、台所を出ていった。向かった先は居間だった。そこで麻耶は戸棚の一つを開けた。市販の家庭用常備薬をしまってある棚だ。

「探しものか」

「ええ。たしか、あったはずよね」

「何が」

あ、これだ。小さく呟《つぶや》いて振り返った麻耶が手にしていたものは、ピンク色の細長い箱だった。箱には【PREGNANCY TEST《プレグナンシーテスト》】と書いてある。妊娠検査キットだ。

「ちょっと行ってくる」

「どこへ」

「だから、遥ちゃんのところ」

遥は会社の隣にある寮に住んでいる。

「それを届けにか」

頷いて麻耶が出て行ったときには疑問が解けていた。どうして遥が、注射器の入手法を訊いてきたり、アザミを借りたがったりしたのか。その理由がやっと分かったのだ。

俊輔は半地下にある物置へと向かった。そこには寿美子がいた。さっき言っていたとおり明日の準備をしているようだ。

西日に浮かんだ埃《ほこり》の層は厚かった。マスクをした義母の姿もいくぶん霞《かす》んで見えている。

「ぼくがやりますよ」

虫除け用スプレー、軟膏《なんこう》、携帯ラジオ、コンパス、トレッキングポール……。

寿美子から準備品の一覧表を受け取り、順番に一つずつ棚から探し当てていく。

ほとんど捨て終えたと思っていたが、こうして漁《あさ》ってみると、〝穂乃実〟のために買ったものも、けっこう出てくる。それらはすべて別に準備した段ボール箱の中に入れていくことにした。あとで麻耶に預け、処分してもらえばいい。

乳児用の白いダウンジャケットも見つかった。たしかこれは、温度によって色が変わる感温変色性衣料というやつだ。暖かいところでは白だが、気温が低くなるとピンク色になり、もっと寒い場所ではさらに濃い暖色へと変化する。ひところ流行っていたこんな製品も、なぜか最近はとんと見かけなくなった。捨てるにはやや惜しい気がしたが、結局、思い切ってこれも段ボール箱に放り込んだ。

予想したよりも時間がかかったものの、義母が探していたものが全て見つかった。

「ありがとう。これでそろったわ。――俊輔さん、もういいのよ」

「いいえ。実は、ぼくも探しているものがあるんですよ」

そう言ったそばから、目当てのものが出てきた。大学生のころに読んだ生物学の本だ。記憶を頼りに目的のページを開き、記載されている内容を再読してみる。

「それ、何の本？」寿美子が覗き込んできた。

「知っていますか、お義母さん。待合室の水槽にカエルがいるでしょう。あれを使えば、女性が妊娠しているかどうかが分かるんです」

寿美子はぽかんとした顔をしている。

「妊娠した女性の血液や尿には、絨毛性《じゅうもうせい》性腺刺激ホルモンというものが含まれるようになります。アフリカツメガエルは、このホルモンに対する感受性が高いんです。そこで、検査したい女性の尿サンプルをカエルに注射してみます。するとですね、もし尿の中に相当量のホルモンが含まれていれば、数日後、カエルが産卵するんですよ」

よく分からないという表情を崩さない寿美子をよそに、俊輔は満足の吐息を一つついた。ほとんど忘れていた知識を思いがけなく再確認できて、すっきりした。

ピアス穴の開いた耳たぶを思い浮かべる。遥は妊娠を心配していたわけだ。最近、恋人と性交渉を持った。ところが生理が来ない。そんな状況にあるのではないか。

薬局で検査薬を買うにしても、ここは狭い町だ。噂《うわさ》になることを警戒した。そこでインターネットか何かで調べ、アフリカツメガエルのことを知り、あんな頼みをしてきた、といったところだろう。

俊輔は物置から出て、また医院へ戻った。

尿検査は外部委託しているが、女子トイレに保管された採尿コップを業者が回収しに来るまでは、まだ時間があった。

注射器を一つ持ち、女子トイレに入る。洗面台に置かれた九個用のカップトレー。そこからあぶれた一つのコップを手にした。蓋《ふた》を開け、注射器に中身を吸い取ってから、待合室へ行く。

水槽に腕を入れ、隅の方でうずくまっていたアザミをそっとつかんだ。

「痛いぞ。我慢しろよな」

気の毒だが、実験してみたくてたまらなかった。

腹部に深く注射針を突き刺したが、カエルは暴れるでもなく、一つビビッと鳴いただけだった。

4

紗幕《しゃまく》のような秋霧《あきぎり》が、天を覆い始めていた。

岳樺《だけかんば》や米栂《こめつが》、大白檜曽《おおしらびそ》の生い茂った下山道を進みながら、俊輔は視線だけを上空に向けた。そこに浮かぶ長い鯖雲《さばぐも》も白く霞み始めている。

「ああいう雲の現れている空を、英語でもマッカレル・スカイっていうらしいね。マッカレルってのは鯖のこと」

かなり疲れてきているようだ。前を行く麻耶も寿美子も返事をしなかった。ただ黙々と下を向いて歩を進めている。

そのうち先頭の麻耶が足を止めた。Y字形の分岐点に出たようだ。

「お地蔵さん……こっちでいいの？」

それが、しばらく立ち竦《すく》んだあとで彼女が発した言葉だった。下山道を示す目印である地蔵の位置がおかしいらしい。

目の前にある道は二つ。一つが登山者用の正しい下山道、一つは地元の猟友会が使っている迂回《うかい》路だ。

手元の地図によれば、道の形はアルファベットの「P」に似ていた。現在三人がいるのは、縦棒の中間にあたる場所だ。そのまま真っ直ぐ下るのが正しい下山道で、横に張り出す曲線が迂回路だった。うかつに後者を選べば、麓《ふもと》に辿《たど》り着くまで大幅に時間をロスする羽目になる。

地図に従うなら、真っ直ぐ、つまり左側の道を選べばいいわけだ。ところがいま、下山道であることを示す地蔵は右の道に立っている。

「誰かが動かしたのかな」

道標《みちしるべ》と知ってか知らずか、山中の地蔵を蒐集《しゅうしゅう》している者が稀《まれ》にいる。そうした連中の手によって、地蔵が、元の位置とは違った場所に置かれてしまうことがある。持ち帰ろうとしたものの、想像以上の重さに音《ね》を上げ断念したりするから、そうした事態が起きる。

弱ったのは、いま目の前にある地蔵が誰かの悪意によって動かされたものかどうか、判断がつかないということだった。

とりあえず、この道標を信じ、右の道を行くことにした。ざっと見たところ、こちらの方が道幅も広く、よく整備もされているようだ。

十メートルほど進んだところで、先頭を歩く麻耶がまた立ち止まった。道に張り出した木の枝に白いリボンを結わえ付ける。

「ところどころで、こうしていく」

麻耶の肩を軽く叩き、いい考えだと伝えてやった。

何度目かに麻耶がリボンを結び付けたあと、ふいに彼女の姿が視界から消えた。転倒したのだ。浮き石に足をとられたらしい。

駆け寄って彼女を助け起こしたあと、三人の位置を変えることにした。俊輔が先頭を、麻耶が真ん中を、寿美子が最後尾を歩くようにする。枝に道標代わりの白リボンを巻きつけていく作業は、交代して寿美子が担当するようにした。

しばらくは誰も喋らなかった。麻耶が背後から、ねえ、と声をかけてきたのは、二十分ほどもしてからのことだった。

「面白いことを言ってよ。ジョークがいい。何か聞かせてくれない？」

欧米人でもあるまいし、ジョークの持ち合わせなどない。だが、最近読んだ本の中に載っていたものを一つ、幸いにしてまだ覚えている。それを紹介してやることにした。

「ある国の鉄道は、だらだらと営業していて、時刻表のとおりに運行されたためしがなかった。その点を乗客も承知しているから、列車を待っている間、みんな昼寝をしていた」

「それで」

「ところがある日、列車が定刻きっちりに出発してしまった。乗り遅れた客はみんな怒って、どうしてくれるんだと駅員に詰め寄った。すると駅員は答えた」

「何て」

「いまのは昨日の列車ですよ」

くすりと笑う声も、麻耶が身につけている熊除けの鈴の音も、やや遠くから聞こえたように思えた。俊輔は背後を振り返った。

薄い霧の中で、麻耶の顔が歪《ゆが》んでいた。爪先が痛むらしい。苦しさを隠すために、無理に笑おうとしたようだ。

「見せてごらん」

斜面に麻耶を座らせ、右足のトレッキングシューズを脱がせにかかった。くるぶしまで覆うハイカットタイプだから、やや手間取る。

グレーのソックスが黒く変色していた。爪先から滲《にじ》んだ血が、足の甲全体を覆っている。

ソックスを脱がせ、出血していた指を消毒した。その上から包帯を巻いたあと、麻耶の背中に回り、彼女のザックを軽く叩いてやった。

「無駄に膨らんでいる。整理した方がいい」

麻耶の返事を待たず、ザックのジッパーを開く。必要のなさそうなものをどんどん自分のザックに移していった。

そうしているうちに、体が勝手に震えだした。天候が予想外に急変しつつあった。アウターの合わせ目から入り込む冷気が針のように肌を刺している。忙《せわ》しなく動いていても腕が縮こまり、手首が内側へ曲がってしまう有様だった。

まだ十月の初旬だが、標高二千メートル以上の場所だ。一晩をここで越すような事態にでもなったら命が危険に晒《さら》される。何としても三人そろって、今日中に下山しなければならない。

「お義母さんは、まだ歩けますか」

「ええ。まだ大丈夫」

そう小声で答えた寿美子も俯いてへたり込んだままだった。大柄な体は、やはり気の毒なほど震え、唇も紫色になりつつある。体力が限界に近づいていることは明らかだった。

いったん三人で風の当たらない岩陰に身を寄せた、ツエルトかガソリンストーブを持ってくるべきだったと悔やみながら懐炉《カイロ》を揉《も》む。

地図を確認してみた。ここが正しい道だとしたら、もう一キロも行かないうちに下山できるはずだった。だが終点が見えてくる気配は一向にない。猟友会の迂回路を選んでしまった、ということだ。

迷ったときは下手《へた》に動かないのが山での鉄則だ。登山口のバス停にある登山届の箱には行動計画書を入れてきてあるから、ここで耐えていれば、いずれ救助隊は来てくれるだろう。だが、想像以上に気温の低下が著しい。ここは少しでも体を温めるように行動するべきかもしれない。

「動けるところまでは動きましょう。ただし、お義母さんと麻耶が歩けるのは、頑張ってあと一キロがせいぜいだと思います」

そこから先になれば、動けるのは自分一人だけだ。

「残念ながら、二人は無理です」

そう続けると、麻耶と寿美子が顔を上げた。

「ぼくが背負えるのは、どちらか一人だけ、ということです。二人は無理だ。ですから」

どちらかを、途中で置いていくことになります——そこまでは口にする気はなかったし、する必要があるとも思えなかった。

この道を前に進み続ければ、いずれ下山道に出る。歩速と経過時間から考えて、すでに迂回路の半分以上を過ぎているはずだから、引き返すよりは、真っ直ぐ進んだ方が早く戻ることができるだろう。

「行こうか」

俊輔が行く手に視線を向け、二人に向かって促《うなが》したときだった。

麻耶が同じ方向を指差し、震え混じりの声を出した。「いま動いた。ずっと先、百メートルくらい先か、もっと向こうで」

「動いた？　何が」

「動物だと思う。黒くて大きなやつ」

熊か――。ならば進むことはできない。

内側に曲がろうとする手首を、もう片方の手で無理に引っ張り直し、俊輔は来た道を戻るよう指示を出した。

5

しょっぱい味が気になるのか、麻耶はしきりに海水を触っては手を舐《な》めている。まるで子供のようだ。

彼女の横で、寿美子は貝探しに夢中になっていた。被《かぶ》った麦藁《むぎわら》帽子が、風のせいで背後に飛ばされ、顎紐《あごひも》が首にかかった状態になってもおかまいなしだ。

麻耶が駆け寄り、被らせ直してやっても、かまわず熊手を振るい、ようやくアサリを一つ見つけた。

掘り出されたアサリはいきなり、砂を叩きつけるようにして動いた。驚いた母娘は濡れた砂に尻餅《しりもち》をついたあと、互いの顔を指差し、大きな口で笑いあった。

結婚して間もないころ、家族で潮干狩りに行ったときに撮影したホームビデオ。それにはまだまだ続きがあったが、俊輔はいったんここでビデオカメラの停止ボタンを押し、モニターから顔を上げた。ベッドの上で麻耶が動いたように思ったからだ。

……気のせいだったか。酸素マスクを薄く曇らせながら眠り続ける麻耶に、覚醒の気配はない。

隣に座っていた寿美子が中腰になり、娘の手をさすり始めた。

麻耶が全身冷え切った状態で救助されたのが五日の正午ごろ。いまは八日の同じく昼時だから、ちょうど三日が経つ計算になる。

楽しかったころの思い出を耳元で聞かせることで、健康状態を回復する事例がある。実際、医者としてそんな場面を多く見てきた。だが自分が試す立場に立たされるとは想像していなかった。

この病院に搬送されて以来、元妻は、いまだ昏睡状態にある。映像は見えない。が、声だけは耳に届いているはずだ。少しでもいい音が出るように、カメラ本体に外付けのスピーカーを接続し、麻耶の枕元に置いてあった。

病室のドアが開いた。

入ってきたのは男性の看護師だった。血圧を調べに来たらしい。作業に取り掛かる前に彼はこちらに向かって言った。

「消防の人が来ています。別室を用意していますから、そちらへどうぞ。廊下の突き当たりにある部屋です」

「分かりました。どうもすみません」

じゃあ、ちょっと行ってきます。寿美子に言い置き、俊輔は教えられた部屋へ足を運んだ。

ドアを開けると、そこに待っていたのは四十前後の男だった。

《消防で遭難事例の調査をしている者です。今回の件につきまして、事情を聴かせていただけませんか》

昨日かかってきた電話。相手はスローをかけたような野太い声の持ち主だった。だから本人の体格もそれなりに立派なのだろうと想像していた。だが、目の前にいる消防官はどちらかと言えば細身だった。

交換した名刺には中村《なかむら》とあった。役職は消防調査課の副主幹、階級は消防司令となっている。

「先日は大変でしたね。みなさんご無事で――いちおうご無事で何よりです」

電話と同じ重低音の声で言い直し、中村は椅子に腰掛けた。

問われるままに、俊輔は遭難当時の様子を話した。

元妻か義母か。どちらか一人しか背負えない状況で、俊輔が選んだのは後者だった。

自分と寿美子は四日のうちに無事に下山できた。すぐに救助を求めたが、濃霧のために、その夜、捜索隊は山に入れなかった。

厳寒の暗闇で一晩を明かした麻耶は、発見されたときはすでに、低体温症で生死の境をさまよっている状態だった。

「大筋のところは分かりました。ですが――」

ここで中村はテーブルに肘《ひじ》をつき、身を乗り出すような姿勢をとった。

「腑《ふ》に落ちない点が二つあります」

俊輔も、上着の襟を直す仕草をしてみせることで、話を続けるよう中村に促した。

「まず一点目ですが、やや遠慮のない質問をさせていただきます。――麻耶さんと寿美子さんのうち、どちらか一人しか助けられないという場面に立たされ、拝原さん、あなたは、なぜ寿美子さんの方を選ばれたのですか」

俊輔はすぐには答えず、中村の目を見据えた。

「いや、失礼ですが、お義母さんは体重がありますよね。麻耶さんよりもずっと重い。寿美子さんの方が、麻耶さんに比べたら、助けるのが困難だったはずなんです。下手をすれば途中であなたの体力が尽きるおそれもあった」

俊輔は立ち上がり、上着のポケットに手を入れた。そこから取り出したのは、一枚の白い布だった。

「それは？」

「あのとき道標として枝に結んだリボンです。これを準備したのは麻耶でした」

いまいる部屋にはウォータークーラーが設置されていた。社員食堂などでよく見かける給茶機と同じタイプのものだ。

俊輔はコップを置かずにレバーを押し、水だけを四、五秒のあいだ流した。そうして十分に冷やした水受皿の部分にリボンを置いた。

待つほどもなく、白いリボンはピンク色に変わり、やがて赤色に染まった。

「感温変色性衣料です。それで作ったリボンだったんです」

麻耶が巻いた白い布は、気温が低下したせいで、道を引き返したとき濃い暖色に変わっていた。分岐点まで戻る途中、ずっと真っ赤なリボンを見ながら歩いた。自然、〝穂乃実〟を思い描きながら歩を進めることになった。

そのうち〝穂乃実〟の幻影に重なって見えてきたものがあった。自殺未遂を繰り返したときの麻耶の姿だった。そして、やがて思うに至ったのだ。いっそ、ここで彼女を楽にさせてあげるべきではないのか、と。

それが、元妻ではなく義母を背負って下山した理由だった。

そこまで中村に説明してやるつもりだったが、急に気が変わった。ある家族だけの特別な事情が、誰かの遭難を防止するうえで役に立つとは思えない。

「長幼の序というものに従っただけです」

そんな言葉で説明し、あとは多くを語らないことにした。

案の定、中村は困惑の表情を浮かべた。寿美子を選んだ理由が納得できても、なぜいまリボンを変色させてみせたのかが理解できないからだろう。

「もう一点は、どんなことですか」

先に進むよう、こちらから水を向けてやった。

中村は、むりやり気を取り直すように何度か頷きを繰り返してから、ふたたび口を開いた。「熊です」

予想外の言葉に、リボンをポケットにしまう手が思わず止まった。

「あの辺一帯には棲息《せいそく》していないはずなんです。わたしどもでは猟友会と協力して、定期的に個体数を調査しているのですが、目撃例はここ何年もゼロが続いています」

「でも、遠くから迷いこんでくる個体がいてもおかしくないでしょう」

「いいえ。あの迂回路から少し離れた位置に、電流を流した柵を設けてありますから、常識的に考えれば、遭遇するはずがないんです。麻耶さんは目撃したそうですが、おそらく何かの見間違いでしょうね。そうでなければ……」

中村は、俊輔の名刺に手を触れ、テーブルの辺と平行になるよう傾きを直した。

「嘘《うそ》をついた、ということです」

6

朝食を少し残したまま、俊輔はテーブルから立ち上がった。

斜向《はすむ》かいの席で寿美子が箸《はし》を止める。「もう行くの?」

「ええ」

寿美子も椅子から腰を浮かせた。朝の掃除を手伝うつもりらしい。

俊輔はそれを押しとどめ、彼女の肩にショールを羽織らせてやった。「寒くなってきましたね。どうか健康には気をつけてください」

「ありがとう」

「お義母さんだけのお体ではありませんから」

そう付け加えると、寿美子は束の間《つかのま》、視線を合わせてきた。そして、

「ありがとう」

同じ言葉を、今度は囁《ささや》くような声で言った。

廊下を小走りに移動し、医院に出向いた。

午前七時半。いつも一番に出勤してくる看護師も、まだ姿を見せていない時刻だ。

入り口の自動ドアを解錠しながら、昨日、中村から聞いた話を思い返した。

熊を見た——そんな嘘を、どうして麻耶はついたのか。

一つ考えられるのは、赤いリボンを見せることで、おれに〝穂乃実〟を思い描いてほしかった、ということだ。そうすることで麻耶は、自分を見捨てさせようとしたのではないか。だとしたら、こっちは彼女に操られるようにして行動したわけだ。

しかし、それでもまだ疑問は残る。なぜそうまでして自分よりも母の命を優先させようとしたのか、という点だ。

約束の時間は七時四十分だったが、遥が顔を見せたのは、それから十分以上経ってからだった。今日も履いているのは、やたらに底が厚いブーツサンダルだ。

「悪いな。こんなに朝早くに呼び出して」

早くの部分にアクセントを置き、皮肉ってやった。

「ごめん。今朝は化粧ののりが悪くて。ここんところ寝不足だから」

「『不足』じゃなくて『坊』じゃないのか」

俊輔は待合室の水槽に歩み寄った。両生類には夜行性が多いらしいが、アフリカツメガエルは夜に眠っているようだ。だからいつも、この水槽には、日が暮れてから朝になるまで、要らないシーツで作った覆いをかけている。

そのシーツをちらりとめくって、アザミの様子を確かめてから、遥の方へ向き直った。

「こっちに来てもらえるか。念のため確かめておきたいことがあるんだ」

先に立って歩き始めた。遥もスリッパに履き替え、ついてくる。

女子トイレのドアを開け、背後の遥に紙コップを一つ渡してから、洗面台に指先を向けた。そこには九つに区切られたカップトレーが置いてある。

「先週の健診を思い出してほしい。きみはあのとき、自分の検尿コップをどこに置いた」

遥は顎のあたりに手を当てた。「いちいち覚えてないよ、そんなこと」

「じゃあ、どっちを使った」俊輔は二つある個室を交互に指差した。

「向かって右の方」

遥が答えた方のドアを開けた。「入ってくれ」首を傾けて促す。

「またおしっこを取れってこと？　もう一回検査しなきゃいけないの？」

「違うよ。動きを再現することで記憶を思い出してほしいだけだ。何もしなくていい。十秒ぐらいじっと数えてから出てきてくれ」

遥が個室に入っているあいだ、空になっているカップトレーの一番から八番までを空の紙コップで埋めた。この方がより記憶を辿りやすいだろう。

遥が出てきた。「思い出した」と低く呟き、トレーにある九番のスペースに自分のコップを置く。

「本当にそこだったか」

「うん」

「でもあのとき、タッチの差で社長の方が早く出てきたろう。彼女が先に空いている九番に自分のコップを置いたんじゃなかったのか」

「社長のは、ここにあったよ」

遥はトレーの外側を指で示した。寿美子は気を利かせて、新米社員のスペースを空けてやった、ということだ。

これで勘違いしていたことが確認できた。九個入りのケースに入りきらなかった採尿コップ。あれは遥ではなく寿美子のものだった。

同時に、もう一つ確かになったことがある。麻耶はなぜ自分よりも母の命を優先したのか。その理由だ。

「分かった。もういいよ」

遥と一緒に待合室に出た。

「朝ごはんは食べたか」

まだだと答えた遥に、受付カウンターの上に準備してあったポリ袋を渡してやった。中にはコンビニで買ってきた弁当と茶が入っている。

袋を受け取った遥は、玄関口に向かう代わりに、不審者を見るような目で訊いてきた。

「いま、どうしてわたしにあんなことをさせたの」

「その前にこっちから質問だ。健診を受けた日の夕方、うちの女房がきみに届けたものがあっただろう。妊娠検査薬だ。使ったかい、あれ」

「うん」

「結果はどうだった？　差し支えなければ、教えてくれないか」

遥は携帯電話を取り出した。モニターに写真を一枚出してみせる。

画面には一本の棒が映っていた。棒の中ほどには小さい窓が開いていて、試薬のような紙が挟まっている。一見してあの妊娠検査薬だと分かった。モニターで確認したかぎり、試薬は何の反応も見せていない。やはり陰性ということだ。

「実はぼくも、きみが妊娠していると疑ってテストをしてみた。検体を間違えてしまったようだけどね」

俊輔は水槽を覆っていたシーツを取り去った。

都合の悪いことに、アザミは人工水草の近くにいた。指輪の真上に寝そべっているかたちだ。

「起こして悪いな」

水槽に手を入れ、二か月ものあいだ水中にあったプラチナのリングをつまみながら、俊輔は思った。

是が非でも子供が欲しく、代理母出産を望んだ自分。

血の繋がりのない他人の腹を借りて子供を産むという行為を拒んだ麻耶。

両者の立場はずっと平行線を辿ると思っていた。だが違った。解決策はあったのだ。血の繋がりがない他人が駄目なら、繋がった肉親がいる。

娘と母。二人は産婦人科に通っていた。そこまではいい。問題はその先だ。本当に娘の方だったのだろうか。その体に不妊治療を受けていたのは――。

「これは返してもらうよ。また必要になりそうなんでね」

俊輔は、アザミが腹部に抱いた卵塊を潰《つぶ》さないよう注意しながら、白金の指輪を水中でそっときつく握り締めた。

雑草

1

この辺《あた》りに生えている雑草は、みな地面の奥深くまでしっかり根を張っているらしく、どれも簡単には抜けなかった。

おれは四本歯のテーブルフォークを手にした。家から持ってきたものだ。

陸上部の部室には、草むしり用の竹ベラがちゃんと備え付けてあるが、どうも使いづらかった。あれこれいろんな道具を試してみて辿《たど》り着いた結論が、この錆《さ》びた食器だった。

なかなか抜けない雑草を無理して引っ張ると、指の皮膚が簡単に切れてしまう。こんな場合はフォークを使って、根っこの部分から掘ってしまえば、ほとんど力をかける必要がない。

素手での作業だった。この季節、手袋をすると溜まった汗で皮膚がふやけ、手首までびっしりと汗疹《あせも》に覆《おお》われる羽目になるから仕方がない。

抜いた葉っぱを軽く振り、へばりついていた毛虫を逃がしてやったとき、額のあたりに視線を感じた。

首を捻《ひね》ると、フェンスの向こう側にあったのは中学生にしては大人びた相原寛久《あいはらひろひさ》の顔だった。

「お疲れさん」相原はきれいに並んだ白い歯を見せた。「手伝おうか」

こいつとは特別親しいわけじゃない。同じ二年六組のクラスメイトというだけの関係だ。それが、どうして急に帰宅の足を止め、こんな重労働に手を貸すなどと言ってきたのか分からなかった。

とりあえずおれは答えた。「やめた方がいいと思う」

「どうして」

「こっちは危険地帯だから」

けっして冗談のつもりで口にした言葉じゃなかった。

【陸上部の練習がうるさい。生徒が大事ならば、トラックの使用をやめさせろ】

何日か前に学校へそうした投書があったそうだ。

トラックのホームストレート側には、道路一本を挟んで十階建てのマンションが建っている。苦情を言う者がいるとすれば、そこの住人としか考えられなかった。

学校から相談を受けた警察は、マンションの住人を調べたようだ。だが、投書の主が特定されたという話はまだ聞かない。

「雑草を使って、押し葉でも作ってみようと思ってさ。そっちに行ってもいいよね」

相原がフェンスに設けられた扉のところへ移動した。おれは少し迷ってから、掛け金を外して彼を入れてやることにした。

いまおれがいる場所は、学校の校庭とは別に設けられた一周三百メートルのトラックだった。陸上競技に力を入れている私立誠栄《せいえい》中学校が五年ぐらい前に作った施設だ。原則として普段は、陸上部員以外はトラック内に入ることができない。部外者を入れていいかどうか迷ったが、今日は高校入試の模擬テストがあるらしく、三年生がいない。少しぐらい勝手をしても構わないだろうと判断した。

「草取りって、毎日やらなきゃいけないの？」

「いいや」

九月三日。奇数月の奇数週だから、練習後に行なわれるトラック周りの除草作業は、二年生の担当だった。

けっして楽な仕事ではないから、正直、手伝ってもらえるのはありがたい。

「軍手はしない方が利口だ。手が蒸れる。爪の間に詰まった土は、使い古しの歯ブラシがあるから、それで取るといい。後で貸してやるよ。ほら、これ使って」

おれは相原に、むしり取った草を入れるためのビニール袋と虫除けスプレーを渡してやった。

「ありがとう。——矢口《やぐち》くんの調子はどうなの」

「ここんところは、あんまりよくない」

おれはわざとらしく頭を掻《か》いてみせた。五分刈りにしたのは一学期の始業式があった日だから、いまはもうだいぶ伸びてしまっている。

来月に開催される中体連の新人戦では、三千メートル走に出る予定だ。九分三十秒を切れなければ、上位入賞は難しい。

「長距離は性に合ってないのかもしれない。今度の大会が終わったら、転向するかな」

「短距離に？」

「じゃなくて、フィールドに。——そっちは？　選挙が近いんだろ。演説の原稿はできたのか」

「まあね」

このK市に少年議会というものがあることは、おれも知っていた。大人たちは選挙で市長と市会議員を選んでいる。それと同じことを、市内の中学生と高校生が一緒になってやっているわけだ。

立候補するのも投票するのも市内に住む中高生で、選挙当日は、ちゃんと公民館に投票所が作られる。

選ばれた少年議員たちは、市役所にある本物の議会を使って活動しているそうだ。ときどき大人の議員たちを相手に、「次世代につなぐ市政のありかた」とかいった、難しそうな話し合いもやっているらしい。その少年議員候補に、誠栄中学校からただ一人名乗りを上げているのが相原だった。

「ここには、食用の野草も生えているんだね」

「嘘《うそ》だろ」

「本当だよ——ほら、これなんかそうさ」

相原は、卵形をした面積の広い葉を掲げてみせた。

「何ていう草？」

「イタドリだね」

「それって、こんな住宅地に生えるものなのか」

相原は首を横に振った。「普通は山地でしか見られないと思う。でも、どんな植物だって思いもよらないところに自生するものだからね。何がどこに生えていても不思議はないよ」

「じゃあ、そっちのは」

相原が重点的に摘み取っているのは、人間が手の平を思いっきり広げたような形をした草だった。それぞれの細い葉にはギザギザがついている。

「これはヤツデじゃないかな。食べられないけれど、香りはいいよ」

相原の博識ぶりは校内でも有名だった。成績は、ほとんどの科目で学年トップだ。特に理科の成績はずば抜けていた。生徒会の役員もやっているから、教師受けは頗《すこぶ》るいい。

「さすがに詳しいな」

そう相原に声をかけたとき、足元でパラッと草が揺れた。

――雨か？

天を仰いだけれど、雲なんて一つも目に入らなかった。

すると、またパラパラと音がした。間違いなく草が揺れている。雨でなければ何が降っているのか。

「じゃあ、そろそろ帰る」

草を詰めた袋を手に、相原は立ち上がろうとした。

そのとき、おれは何か硬いものが空気を切り裂く音をはっきりと聞いた。同時に雑草の根元で土が小さく飛び散った。

そこでようやく悟った。向かい側のマンションだ。そこから誰かが攻撃をしかけてきたのだ。ＢＢ弾のようなものを、こっちに向かって撃ち込んできている。

「逃げろっ」

背中を丸め、肩をすくめながら、おれは相原に向かって声を投げた。ほぼ同じタイミングで、相原は顔を押さえてその場に倒れ込んだ。

2

頬に受ける風が心地いい。

ただ、腕に感じる痒《かゆ》みだけは、ちょっと不快だ。

痒いのは、毛穴をこじ開けて、汗が出てきたせいだ。

ただしこれは、全身がいい具合にあったまって、血の流れが速くなってきた証拠だ。もっとスピードを上げてもいいよ。そんな合図を、自分の体が出しているわけだ。

だけど、あまり飛ばしてはいけない。最高のタイムを出すのは本番のときでいい。いま無理をしたところで、たいした意味なんかない。それどころか、この段階でがんばりすぎると、かえって調子を崩してしまう。

九分三十秒──中学二年生が三千メートル走に挑む場合、そのタイムがひとつの壁だけれど、いまはまだ十分台でもいい。

秋の新人戦まで、まだ一か月もあるのだから。

スピードを抑えながら角を曲がると、やがて学校の正門が見えてきた。

「スパートかけろ。押せ、押せ、地面を押せ」

門の前ではストップウォッチを握った〝プッシュ〟が、あだ名の由来になった口癖を、怒鳴るように連発している。

本当の名前は田部井《たべい》という。今年の春に体育大学を出て教員になったばかりの新米コーチだ。熱心に指導してくれるのはありがたいけれど、檄《げき》を飛ばしてさえいれば選手の調子がひとりでにあがると思い込んでいるようなところがあって、とにかくうるさい。

おれは足腰にまだいくらか力を余らせたまま、学校の敷地に飛び込んだ。

腰に両手を当てて、ゆっくり歩き回りながら呼吸を整える。

すると田部井がこっちに寄ってきて、ストップウォッチを指先で叩《たた》くようにした。

「十分ジャスト。ちょうどいいタイムだ」

荒い息の下で、はいっ、と返事をした。

「悪くないぞ。崩れていない」

たぶんフォームのことを言っているんだろう。そして田部井はおれの肩に手を置いて、軽く揉《も》んだ。

「よし、いけるな」

このコーチは、肩の筋肉がどれくらいほぐれているかで、選手の状態を見極めるという特技を持っている。

「いまの調子を維持できれば、上位を狙《ねら》えるぞ。期待してるからな」

もう一度、はいっ、と力強く頷《うなず》いてやると、田部井は、おれのあとから帰ってくる他の部員を見るために、正門の前へ戻っていった。

おれはクーリングダウンのためにストレッチを始めた。ゆっくりと体を捻りながら、頭に浮かべたのは相原のことだった。

彼が頭に怪我《けが》を負い、救急車で運ばれたのが五日前だ。右の側頭部を五針縫うほどの傷だったから、検査のため入院する必要があったようだが、今日の午後には退院すると聞いていた。

警察は昨晩までにマンションの捜査を一通り終えたらしい。あの事件があってから休みが続いていた陸上部の活動も、今日から再開されている。ただし犯人はまだ捕まっていないから、フェンス際に見張り役の一年生を立たせての練習だ。マンションの通路に人影が見えたら、彼ら監視役がホイッスルを吹くことになっていた。

警察の人が田部井に説明したところによると、犯人はスリングショット――いわゆるパチンコを使ったらしい。弾丸として使用されたのは、直径五ミリほどの鉛玉だった。

おれと相原がいた位置から向かいのマンションまでは、五、六十メートルほどある。エアガンだと弾丸が届かない距離だが、スリングショットなら話は別だという。百メートル以上も射程距離があるそうで、十分に攻撃が可能とのことだった。

練習を終えてミーティングが始まって間もなく、新人戦へ向けての心構えを説いていた田部井が急に言葉を切り、おれの方へきつい視線を向けてきた。

「矢口。顔っ」

「……すみません」

ミーティングで田部井の話を聞くときは必ず笑顔で、というのが本校陸上部の不文律だった。

——怒っている大勢の中に一人だけ喜んでいる人がいても気づかないが、喜んでいる大勢の中に一人だけ笑っていない顔があるとすぐに分かる——そう常々、田部井は言っていた。その言葉どおり、少しでも笑顔を崩すとすぐに注意が飛んでくる。

「パチンコ事件のことが気になるのは分かるが、いまは気持ちを切り替えろ」

おれは筋肉の力で左右の頰を引っ張り上げてから、はいと返事をした。

ミーティングが終わって、部室にいる生徒の数がぐっと減っても、持ち込まれた体温のせいで、室内にはまだ熱がこもっていた。

「矢口、ちょっといいか」

声をかけてきたのは、同じ二年生の市之瀬《いちのせ》だった。

「おまえ、どう思う」

「何が」

「だから、あの事件だよ」

スリングショットのゴムを引っ張る動作を、市之瀬はしてみせた。

「犯人が本当にターゲットにしていたのは、どっちだったんだろうな。相原か、それとも……」

おれか。

【陸上部の練習がうるさい。生徒が大事ならば、トラックの使用をやめさせろ】——そんな投書をしてきた人物と、スリングショットの犯人は、同一人物と考えていいだろう。すると狙いはおれの方ということになる。相原は巻き添えを食ったわけだ。

「それにしても、警察の捜査ってのは手ぬるいよな」

市之瀬はランニングシャツをロッカーに叩きつけた。五日も経ってまだ犯人が捕まっていないのだから苛立《いらだ》つのも無理はない。

「この調子ならまた犠牲者が出るぜ。おれたちの誰かが狙われる。何とかしないとな」

「だけど、どうしようもないだろう。学校を休んで家の中に引き籠《こ》もれってのか」

「違う。こっちから積極的に手を打つんだ。自分の身は自分で守るんだよ」

気がつくと、周りに二年生の部員たちが集まってきていた。

新村《にいむら》、宮間《みやま》、志藤《しとう》、御田《おんだ》。

市之瀬と自分を含めて、長距離をやっている二年生六人は、クラスこそきれいに分かれているが仲は悪くない。

今月の十九日、金曜日に行なわれる全校クラスマッチでも、二年生男子には三千メートル走があり、このメンバーがこぞって出場する予定になっていた。クラスマッチは本番の脚ならしとしてちょうどいい機会だ。おれには手を抜くつもりなどさらさらなかった。

「そこでな、ちょいと考えたことがある」市之瀬はおれの肩に手をかけてきた。「ここにいるみんなは賛成している。あとはおまえの協力があればいい」

3

公園の中にある薄暗い道を自宅に戻りながら、おれは、さっき市之瀬たちからもちかけられた話を思い出していた。

ちょっと悩んだ末、結局、協力しないことにした。彼らの考えた計画とやらは、とうてい承服できる話じゃなかった。

——本当はおまえがやられていたはずだろ。落とし前をつけるだけの気概を持てよ。腰抜けのろくでなしになるつもりか。

そんなことを市之瀬たちは口々に喚《わめ》いたが、最後までおれは首を縦には振らなかった。

カナブンだろうか、目の前にごろりとした体格の甲虫が飛んできた。そいつを手で追っ払っていると、背後に人の気配を感じた。自転車に乗っているようだ。チェーンとギアが嚙《か》み合う音が近づいてくる。

振り向こうとした。次の瞬間、右手にがくんと軽い衝撃があった。持っていたスポーツバッグを引っ張られたせいだった。

そのあおりを食って、足がもつれ、おれは前方へつんのめった。ひったくりだ、と思ったときには遅かった。スポーツバッグはこっちの手から消えていた。

どうにかバランスを取って持ちこたえ、転倒せずに踏みとどまった。一つ間違えば、手足を思いっきり擦《す》り剝《む》いていたところだった。

自転車に乗った犯人の姿が見る間に遠ざかっていく。

——早速かよ。

この調子ならまた犠牲者が出るぜ。おれたちの誰かが狙われる。そう市之瀬が口にしたのは、ほんの数十分前のことだ。

おれはひったくり犯を追いかけた。自転車の前輪が縁石に乗り上げたようだった。大きくバウンドして、車体が横になった。犯人の体が地面を転がった。

そいつは何かで顔を隠していた。スキーマスクか。違う。この暑さだから、そんなものは被《かぶ》っていられない。おそらく、パーティグッズとして売っているプロレスラーのマスクだと思う。

犯人は公園のトイレに向かった。男子用に逃げ込む。すぐにバタンと大きな音が続いたから、個室に立て籠もったのだと見当がついた。

防犯のためだろう、暗くなると自動的に電灯が点《つ》くトイレだ。照明のスイッチを探り当てる必要はなかった。

扉が閉まっている個室は一つしかない。一番奥――。

足音を殺して近づいて行った。呼吸がだいぶ浅くなり、緊張のせいか指先が軽く痺《しび》れていた。

だが何よりもおれの中では怒りが勝っていた。

息を吸い込むと同時に、右足を腰の高さまで上げた。

その足でドアを蹴《け》りつけることは、だが、できなかった。ドアの方から勝手に開いたからだ。

まず目に飛び込んできたのは、ライターらしき物体だった。ひったくり犯が、それを手にして、こっちに突き出している。右手にも何か物を握っていた。円筒形の缶だ。虫除けのスプレーか。

ライターを持った方の手で、親指が動いた。かちりと音がして、物体に赤い火がともった。

目の前に現れた火の大きさは、子供の小指ほどもないちっぽけなものだった。

けれども、それがちっぽけなままでいたのは、ほんのわずかの間にすぎなかった。次の瞬間、火はぶわっと膨《ふく》れ上がった。そして視界いっぱいに広がりながら押し寄せてきた。

熱のかたまりを顔面で受け、たまらず目を閉じた。

半端な熱さじゃなかった。細かい棘《とげ》のついた布切れで、思いっ切り肌をこすられたように感じた。

頭の右側だ。そこへ炎を浴びせられたのだ。

吸い込んだのは、吐き気を誘うような臭《にお》いだった。同じ臭いを、ずっと前にも嗅《か》いだ覚えがある。いたずら半分に、自分の髪の毛を切って、マッチで火をつけてみたときのことだ。

だからはっきり見なくても、頭髪が燃えたのだと分かった。おれは両手で頭を抱えながら体をよじった。自分の口が、わけの分からない叫び声を勝手にあげているのを聞いた。

指の隙間《すきま》から覗《のぞ》くと、犯人がトイレの外へ逃げていくところだった。

自分の頭を叩きながら、洗面台に取り付けてある鏡の前へと駆け寄った。ちりちりとくすぶった前髪が、薄い煙を上げていた。

4

今朝は、体調も気分も最低だった。もちろん食欲もなかったけれど、親から怪しまれないように、朝食の時間に台所に降りて行った。

昨日、家に帰り着いてから最初にやったのは、もう一度鏡の前に立つことだった。虫に刺された跡を引っ掻いたときのように、額の右側の皮膚がぼんやりと赤く染まっていた。遠くから見てもはっきり分かるほど、右の眉毛《まゆげ》が薄くなっていたのには驚いた。ただ、水ぶくれにならなかったのは幸いだった。

部屋に籠もり、額を氷で冷やしながら、自分で髪を切って、左右のバランスを整えた。夕食の時間には、右の額に大きめの絆創膏《ばんそうこう》を貼り、薄くなった眉毛まで隠れるようにしてから、おふくろの前に出ていった。

「また練習の最中に転んじゃって」

その程度の言い訳でごまかせるか不安だったが、食事の支度に忙しいおふくろは一瞥《いちべつ》と、そして「今日は早く寝なよ」の一言をよこしただけだった。

田部井や陸上部の仲間に対してはどう言い抜けたらいいかを考えながら、ご飯を口の中に詰め込んだ。

夜中になると、右の額はだいぶ熱を持ち、じくじくと疼《うず》きはじめた。どうにか氷だけで我慢したけれど、たった一晩で消えてくれるほどヤワな痛みじゃなかった。

スポーツバッグは結局、奪われてしまった。中に入っていたのはオールウェザーでもアンツーカーでも使える長距離用のスパイクだった。値段は二万円以上した。小遣《こづか》いを貯めて買った宝物だ。

だが他に失ったものといえば、タオルと筆記用具、それから、以前に相原が摘み取った雑草ぐらいだった。葉っぱの詰まったビニール袋は、おれがグラウンドから回収しておいた。そして相原が退院してきたら手渡してやろうと思い、ずっとあのバッグに入れていた。

今日は一日を朝から晩までぼんやりした気分で過ごした。そして放課後になってから、陸上部の練習に出る前に、生徒会室へ行ってみた。

ドアに嵌《はま》ったガラスの小窓を通して、廊下から部屋の中を覗いた。

生徒会室にはピアノが置いてある。前は音楽室として使われていたからだ。

相原はピアノの椅子に腰をかけ、くるくると回りながら手にした原稿を大きな声で読み上げていた。

「みなさんはいま、何一つ不自由のない暮らしをしていると思います。けれども、それが本当に幸せな生活だと言えるでしょうか。身の回りをよく見渡してください。環境汚染、児童虐待、交通事故、不登校、いじめ、犯罪、といったように、嫌な出来事や恐ろしい話を、見たり聞いたりすることもまた、多いのではないでしょうか。ぼくはまだ中学二年生ですから、自分の家庭と学校のことしか知りません。けれども、狭い世界で生きているぼくでさえ、こうした問題を身近なものだと感じています」

上級生がいると入りづらいけれど、いま部屋の中にいるのは、幸い、相原一人だけだった。もっとも生徒会の役員はたいてい、他の部活動をかけもちしている。生徒総会の日が近くならないかぎり、この部屋はいつもがらがらだ。

「中でも、いま、ぼくがいちばん心配しているのは、ぼくたち少年の間に暴力がはびこっていることです。同級生や先生を刃物で切ったり刺したりする事件が、全国の学校で起きています。こうした事件をなくすために大切なのは、やっぱり、人と人との関係だと思います。もっとはっきりいえば、友だち同士のつきあい方です。悪いことは悪い、いけないことはいけない。そういうふうに、はっきりものを言い合える友だち関係があれば、悲惨な事件は防げるはずだと思います」

ここでドアを開けた。

少しかび臭い部屋だが、このにおいが、おれは嫌いじゃなかった。でも、いまは別だ。それを吸い込むたびに、火傷《やけど》を負った部分がずきずき痛んでならない。

「ぼくは、少年議員になったら、この点にいちばん力を注ぎたいと考えています。個人と個人だけでなく、クラスとクラスが、学年と学年が、学校と学校が、もっともっと深く、親しくつきあえるようなアイデアを、どんどん出していくつもりです」

他人の気配に気づいたか、相原が椅子を回すのをやめた。原稿用紙に落としていた視線をこっちに向けてくる。右のこめかみには縫い跡も生々しい傷がはっきりと見えている。

「やあ」その言葉を口にする代わりに、おれは軽く手を挙げた。

相原の方は言葉で応じた。

「見てのとおり」

忙しいのか、と訊《き》いてみた。

「見てのとおり、聞いてのとおりさ」

「少年議員て、全部で何人くらい立候補してるんだっけ？」

「二十人だよ」

市内にある中学と高校を全部合わせれば、その数は十くらいだろう。一校に二人ぐらいは、市政ってやつを本気で考えている生徒がいるようだ。

相原は持っていた原稿用紙で、自分の首筋をぱたぱたと扇《あお》いだ。

「定数が十だから、倍率二倍の激しい選挙戦さ。原稿書いたり、ビラを作ったりで目が回りそう」

投票日はたしか、来月の十二日だったはずだ。新人戦の翌週という理由から、おれはその日付を覚えていた。

「いま読んでいたのは何だ？　選挙演説の原稿か」

「そう。この学校の生徒たちに、少年議会へもっと関心を持ってもらいたくて書いてみたんだ。完璧に暗記するまで練習してる。政治家っていうのは、弁舌に切れ味がないとつとまらないからね」

「演説なんて、いつ、どこでするんだよ」

「今月二十二日の月曜日、給食の時間に校内放送で喋《しゃべ》るんだ。同じ週には、ケーブルテレビ局で政見放送の収録もある」

それはしんどいな。おれは内心でそう声をかけてやった。

相原は緊張すると、喋り方がおかしくなって、声がなめらかに出なかったり、同じ音を繰り返したりする癖がある。だからおれは密《ひそ》かに思っていた。彼は本当のところ、議員になんか向いていないんじゃないか、と。

その点はもちろん、相原自身が誰よりもよく承知していると思う。だけど彼は親や教師から大いに期待されている身だ。何としてもそれに応えなければならない。のしかかるプレッシャーを無理やりねじ伏せながら、優等生のままでい続けなければならない……。

「食べながらでいいから、ちゃんと聞いてほしい」

「分かった」

「それから投票も忘れないでね」

おれは、政治なんてものに、さっぱり興味を持っていない。選挙の日にはもう新人戦が終わっているし、もしかしたら練習も休みになるかもしれないけれど、投票には行かないだろう。そんな暇があったら、家で駅伝かマラソンのビデオでも見ている方がずっとましだ。

そう思いながら、おれは軽く相原に向かって頭を下げた。「実は、謝りに来た」

「何の話かな」

「押し葉の材料だよ。あれな……」

「たしか、スポーツバッグの中で保管しておいてくれたんだよね」

そう相原に伝えたのは、彼の入院中、一度見舞いに行ったときのことだ。

「ああ。だけど、どっかにやっちまったんだ」

「気にしなくていいよ。また取ってくればいいだけだから。――そんなことより、矢口くん、顔の絆創膏はどうしたの。大丈夫？」

「どうってことない。スポーツやってりゃ、誰でも怪我の一つぐらいはするだろ」

言葉を濁し、生徒会室を後にすると、おれは部室へ行き、予備のランニングシューズを履いた。

練習の調子も最悪だった。

足が上がらない。腕の振りもだめだ。寝過ぎたあとのように、体がやたらと重たい。海の真ん中で溺《おぼ》れているような走りしかできなかった。

やっと最後の一周に入った。だけど、もう力が残っていない。

「押せ。押せ。もっと地面を押せ」

へとへとになって、意識まで少しぼんやりしている。田部井が怒鳴る声は、もしかしたら空耳かもしれない。

体を引き摺《ず》るようにして、最終コーナーを回った。ようやくフィニッシュラインが見えてきたものの、真っ直ぐであるはずの線が、いまはぐにゃっと歪《ゆが》んで見えてならなかった。やっと三千メートルを走り終え、すぐさま喘《あえ》ぎながらその場にへたり込んだ。タイムを確かめるのが怖かった。おれは、自分の手首を盗み見るようにして、腕時計に目を走らせた。

十分三十秒——がっかりした、というよりも、驚いた。

この時期に目標としているタイムに四十秒も届かない。ちょっとひどい。いや、まるで話にならない。

「おい、矢口」機嫌の悪さをむき出しにした田部井の声が、頭の上から降ってきた。「誰が流せって言った？」

こうまでいきなり調子が悪くなるはずがない。だから、わざと力を抜いているにちがいない。この新米コーチは、そう疑っているようだ。

「遊んでんのかよ、あ？」

まだ息切れがしている。おれは田部井を見上げたものの、なにも返事ができなくて、ただ首だけを横に振った。

その体勢のまま、そばにいた市之瀬に視線を送った。

市之瀬が口の端を少し吊《つ》り上げたのが分かった。その表情からすれば、

――この前の計画に、おれも協力する。

そんなこっちの意図はどうにか伝わったようだった。

5

目が覚めると同時に、窓の外に細かい音を聞いた。小雨が降っているらしい。

おれは仰向けのまま枕元に手を伸ばして、CDラジカセのスイッチを押した。

《いま見えた。アベベが、七万五千の観衆の前に、その姿を現しました》

スピーカーを通して流れてきたのは、録画したテレビ番組から抜き出した音声だった。

《マラソン二連勝の偉業は、目前であります。超人アベベ。ペースはスタートしたときと、まったく変わりません。時計の針は二時間十二分をわずかに回りました》

先日、何気なくテレビを見ていたら、マラソンの古い記録映画が始まって、エチオピアのアベベ選手が画面に映ったので、おれは慌てて手近にあったHDDレコーダーの録画ボ

タンを押した。その音声をCDに落としたのだ。
《アベベ、あと十メーター。あと五メーター。いま、ゴールイン。時計は二時間十二分十一秒をさしました。世界初の十二分台。世界最高記録であります》
雑誌でしか見たことがなかったアベベ選手が、目の前で動いている。ただそれだけで、おれはとても興奮していた。
《日本の円谷《つぶらや》が来た。円谷第二位。第三位にはイギリスのヒートリー。その差約十メーター。円谷がんばれ。ゴールまであとわずか。円谷健闘。すぐ後方にヒートリーがいる。円谷、なんとしても二位を確保してもらいたい。あっ、ヒートリーがスパート》
円谷選手とヒートリー選手の競り合いは、いまでもマラソン史上の語り草だから、おれもだいぶ前から本で読んで知っていた。だけど、動く映像として見たのは、そのときが初めてだった。
《ヒートリーがスパート。円谷あぶない。円谷抜かれた。円谷、第三位になりました。いまヒートリーが第二位。円谷、ここから挽回して、また抜き返して欲しい。ヒートリーが第二位。円谷、いま第四コーナーを回った。ヒートリーが第二位。円谷、第三位。円谷がんばれ》
このデッドヒートを見たときは感動して、少しだけ涙が出てきた。二人とも同タイムでゴールして欲しいと、本気で願った。

《円谷がんばれ。ヒートリー、あとわずかでゴールであります。いまヒートリーがゴールイン。円谷もいまゴールイン。円谷健闘、第三位に入りました。よく健闘いたしました。オリンピック初出場で、自己最高の記録を、敢然としてマークいたしました》

そこまで聞いて、おれはラジカセを止めた。

超人的な走りでゴールした一人のランナー。その後ろで死闘を繰り広げた二人の選手。一九六四年、東京オリンピックのマラソンでは、一つのトラックに、二つの異なる感動が連続して生み出された。その点が、おれにはたまらなく魅力的に思えた。

このCDを聞くのは、疲れが溜まっているときの習慣だった。二度寝をしてしまいそうな場合、パッと布団から抜け出すには、何か工夫をして、少々強引にでも元気を奮い起こさなければ、と考えた。元気を出す方法なんて、おれにとっては一つだけだ。駅伝かマラソンのことを考える。それだけだった。

台所に行き、九月十九日の朝刊を、いつものようにスポーツ面から開いた。陸上はもちろん、野球とサッカーの記事も残らず読む習慣が以前からついていた。

スポーツ面の次は、社会面に目を通した。ここは、例の脅迫状が学校に送られてきて以来、注意深く見るようになっている。

K市関連の事件が一つ報じられていた。岩室《いわむろ》という名の四十七歳の男が大麻を持っていた罪で、昨晩逮捕されたというニュースだった。脅迫状の件については、依然として何の情報も載っていない。

早朝に降っていた雨は、午前八時ごろには上がったため、クラスマッチは予定どおり開催されることになった。

一年生から三年生まで、どの学年もクラスは六つある。三つの学年の同番号クラスが一つのチームになって戦う、全校をあげての陸上クラスマッチだった。

もちろん三百メートルトラックが会場となる。その第一コーナーに一組、第二コーナーに二組、バックストレートに三組と四組、第三コーナーに五組、第四コーナーに六組が陣取っていた。

三千メートル走が近づき、筋肉をほぐしていると、市之瀬が寄って来た。

彼が口を開こうとする前に、おれの方から手を突き出してみせ、何も言うなと伝えてやった。そして、もう一方の手で自分の頭を指差した。

昨日、自宅でバリカンを使って坊主にした頭だった。ただし、右半分だけを。左半分の髪にはいっさい手をつけていない。

「ヘアスタイルへのコメントは、レースが終わったあとにしてくれ」

普段であればこれほど珍妙な頭髪は認められないが、クラスマッチの際は例外だ。先ほどの四百メートル走に出た三年生などは、自由の女神ふうに四方八方へ髪を尖《とが》らせていた。

「髪型なんて勝手にすればいい。おれは興味ねえよ。それより名前だ。矢口おまえ、今日だけ名前を変える気はないか」

「……どういう意味だよ」

「いま気づいたんだけど、一組はおれ、市之瀬だろ。二組は新村。三組は宮間。四組は志藤。五組は御田だ」

「だから？」

「御田の御を『ご』と読ませれば、一、二、三、四、五だ。上手い具合に苗字とクラスの番号が一致してるだろうが」

「……そうだな」

「だから、おまえが六山《ろくやま》とか六田《ろくた》とかいう名前に変えれば、見ている方も分かりやすいと思ったのさ。矢口じゃあどうしたって六に結びつかない」

「ちょっと待て。おまえこのまえ、おれのことを何て呼んだか覚えているか」

「……いや、思い出せないな。

「ろくでなし、だ」

これでどうにか結びついたろう。

スタート時間になり、六人がトラックのホームストレートに並んだ。電子式スタートピストルの音はやけにくぐもって聞こえた。

両方の腕を、肩のところからすとんと切り落とし、秤《はかり》で量ったら六キロ程度。足だったらその倍。中学二年生なら、手足の重さはだいたいそんなものだと、ちょっと前に、何かの本で読んだ覚えがある。

調子のいいときは、手足の重さなんて、まるで感じない。だけどいまは、どっちも切って捨ててしまいたくなるほど重たくて邪魔に思えた。一周三百メートルのトラックを十周走っているあいだ、ずっとそうだった。

一度だけトップに立った場面があったものの、結果は最下位だった。

6

周囲が静かになっても、疲れは取れなかった。肩の上に水を入れたタンクが載っているみたいだ。一歩進むごとに、その重さが背骨にのしかかってくるように思える。

クラスマッチを終えたいま、トラックの隅でそんなくたびれ方に身を浸していると、田部井が陸上部の二年生に招集をかけてきた。

「カンソウソウをやるぞ」

言葉の意味が分からず、おれは他のメンバーの顔を見渡した。市之瀬たちも、おれとまったく同じ仕草をしている。

「将棋の場合、対局の後に感想戦というのをやるだろう。だったら陸上競技にあってもおかしくないよな」

おれはさすがに黙っていられなかった。「もうスタミナが残っていません」

「誰も全力で走れとは言ってない。軽くでいいんだ」

田部井に背中を押されるようにして、おれたち六人は再びホームストレートに並び、走り始めた。ジョギング程度のスピードだから、時間はかかるだろうが、どうにかもう一度、十周ぐらいならいけそうだった。

「おまえらがどう走ったか、正確になぞれよ」

そう命じてきた田部井は、首からぶら下げたホイッスルを軽く胸の上でバウンドさせながら、トラックの内側を伴走している。

最初の四周は団子状態だった。五周目に入り、やはり固まったまま第一コーナーに差し掛かろうとしたとき、田部井がホイッスルを鳴らした。みな足を止めた。

「そうじゃないだろう。よく思い出せ」

田部井はホームストレートと第一コーナーの中間あたりに立った。

「五周目は、市之瀬、おまえがここで一人、大きく前に出たんじゃなかったのか」

「……そうでした」

「だったらそのとおりに走れ」

この調子で田部井は、おれたちを使って、約三時間前に行なわれたレースを忠実に再現していった。

三千メートルの距離を走りなおすのにかかった時間は二十分ほどだった。

〝感想走〟を終えたおれたちを、田部井はフィールドの中央に集め、胸の前で腕を組んだ。その手には、いつの間にか丸めた新聞紙が握られていた。今日の夕刊らしい。

「いまのレースで、一度でも先頭に立たなかった者はいるか」

挙手した者は皆無だった。

「すると各自、必ず一回は、他の者を抜き去ってトップを走ったということだな」

田部井は間を取り、おれたちが返事をするのを待った。

「いま再現して気づいたが、自分が他のメンバーを大きく抜き去って一位になった、という場面も全員にあったよな。いますぐ、その場所に立ってみろ」

田部井が手を叩いた。おれは重たい体を引き摺るようにし、その言葉に従った。他の連中も散り散りになった。

市之瀬は第一コーナー、新村は第二コーナー、宮間はバックストレートの東側、志藤はバックストレートの西側、御田は第三コーナー、そしておれは第四コーナーに、それぞれ立つ結果になった。

「矢口」田部井がおれの前に歩み寄って来た。「これを見て、気づいたことはあるか」

「みんな自分のクラスの前では特に張り切った、ということだと思います」

「そのとおりだ。けどな、少しばかりきれいに整いすぎじゃないか」

返事をしないでいると、田部井は、おれの顔を下から覗き込むようにしてきた。

「おまえら、仕組んだな。一人のランナーが自組の観客席から大声援を受ける。そういう場面が、全員に最低でも一回は必ずくるように計画して走った。違うか？」

おれの返事を待たず、田部井はホームストレートの方を向いて合図を送った。すると、それまでフェンス際に立っていた三人の一年生がこっちに駆け寄ってきた。

「おまえたちは矢口ら二年生から何か命令されたか」

「はい」

「何と言われた」

一年生の一人がおれの方へ視線を向けてきた。答えていいかと同意を求めている。おれは小さく頷いてやった。

「三千メートル走をしている間、ずっと向かいのマンションを見張っていろと言われました」

「要するに、だ」田部井がまたおれの顔を覗き込むようにしてきた。「おまえたちは、犯人を捕まえるために、まずそいつの顔を知ろうとしたわけだ。わざとレースを盛り上げる。そうやって、一際《ひときわ》にぎやかな歓声を観客に上げさせる。つまり特大ボリュームの騒音を作り出す。すると向かい側のマンションに怒り心頭の犯人が姿を現すはずだ、と踏んだ。そういうわけだな」

おれが頷くと、田部井は手に持っていた夕刊紙を広げてみせた。

「無謀な心意気だが、おれは買ってやるよ。——結果としては、警察に先を越されたようだがな」

昨日、大麻所持で逮捕された岩室という男が、向かい側のマンションの住人だったこと。所持品の中にスリングショットと鉛玉があったこと。そして脅迫状の送り主は自分であると白状したこと。その三点を社会面の記事は伝えていた。

7

放送開始の直前まで、相原は生徒会室で演説の練習をしていた。おれは練習の邪魔をしなかった。辛抱強く廊下で待ち、彼が放送室に向かうために部屋から出てきたところをつかまえた。

「どうしても本番前は緊張するだろ」

「平気だよ。何度も練習したし」

「さすが優等生だな。——これ、せめてもの償いだ」

人間が手の平を思いっきり広げたような形の、緑も鮮やかな葉っぱを一枚、相原の前にかざしてみせた。

　さっきトラックの南側に行き、地べたを這《は》うようにして、たった一枚だけやっとのことで見つけてきたものだ。押し葉という名目で相原が欲しがり、草むしりの手伝いと称して根こそぎ袋に詰めていた、ヤツデによく似たあの葉っぱだった。

「これがあれば、もっとリラックスできると思ってな」

　リラックスの部分を特別強く発音し、葉っぱを相原の胸元に押し付けると、おれはすぐに背を向けた。受け取った相原がどんな反応を示したかは、敢《あ》えて見ないようにした。

　教室に戻り、給食の載った机についた。今日の献立にはおれの好物がそろっていたけれど、相変わらず食欲はなかった。

　まだ体調はいま一つだ。パンをうんと小さく千切《ちぎ》ったのに、口に入れるのはそのまた半分ぐらいといったありさまで、とても育ち盛りの食べ方じゃなかった。誰かの目には、ネズミやリスが餌《えさ》をかじっているように映ったかもしれない。

　どの皿も一向に減らなかった。どんなに口を動かしても、いつまでも頬っぺたの内側にとどまっている。調子が悪いときは、いくら走ってもフィニッシュラインが近づいてこないものだけれど、それと似ている。

　やがて、黒板の上に取り付けられたスピーカーから、放送委員のアナウンスが流れてきた。

《この時間は予定を変更して、我が校からただ一人、今回のK市少年議員選挙に立候補した、二年六組、相原寛久くんの政見スピーチをお送りいたします》

ざわついていた教室内が静かになった。

《み、み、みなさん。みなさんは、い、いま、いま、な、なにひとつ、ふふ、不自由のない、くら、暮らしをし、し、していると、おも、思います……》

相原の演説は、こんな調子だった。

「……なんだよ、これ」

「ひでえな」

そんな囁《ささや》き声を立てながら皆が顔を見合わせる中で、おれはスポーツバッグをひったくられた晩のことを思い返していた。

おれを襲った犯人は岩室という男なんかじゃない。

犯行に使われたのは自転車だった。だがもし犯人が高校生以上なら、たいていはバイクを使うものだろう。それに、襲われた地点は学区の真ん中で、普段他校の生徒は来ない場所だ。そんなことを合わせて考えると、あのひったくり犯は、この誠栄中学の生徒と考えるのが妥当なように思えた。

そこでおれは、クラスマッチの場を利用して、全校生徒の中から犯人を見つけ出そうと考えた。

一九六四年の五輪マラソンとは比べ物にならないが、あのとき三千メートル走のトラックでも二つの出来事が進行していた。

市之瀬たちはマンションから犯人をおびき出すつもりでいたが、おれの狙いだけは違っていた。

おれは走りながらずっと観客席を見ていた。

右側だけを坊主にした頭髪。それを目にした犯人は、きっと笑ってなどいられないはずだ――そう思いながら。

田部井が普段言っているとおりだった。市之瀬たちの走りが、生徒たちの顔を一チームずつ、歓喜いっぱいの表情にしてくれた。だから、その中に笑っていない顔を見つけるのは、信じられないくらい簡単だった。

《……ぼぼ、ぼ、ぼくは、まだ中学二年生です。ですか、ですから自分の、かて、家庭と学校のことしか、しか知りません。け、けけれども、せま、せま、狭い世界で……》

つっかえるだけじゃなくて、その声はみじめなまでに震えていた。

《……なな、中で、も、いまぼくが、いち、いちばん、心配し、ているのは、ぼくたち、しし、少年のあい、だに、ぼ、暴力が、はび、こってい、い、いることです……》

おかしなところで息継ぎが入り、原稿を揉みくちゃにする、がさがさという紙の音が、やかましく混じっていた。

《大丈夫？　具合が悪いの？》

小声が脇から聞こえた。そばにいる放送委員が相原の様子を心配したようだ。

《……は、はっきり、きり、ものを、い、言い合える、とも、友だち関、係が、あれあれば、悲惨な事件は、ふふ、防げるは、ずだと、お、思います……》

クラスのみんなはもう興味を失くしてしまったようだった。相原の政見スピーチは、ふたたび始まった雑談にかき消されて、ほとんどこっちの耳に入ってこなくなった。

だからおれはもう一度ゆっくり、田部井から見せられた夕刊の記事を脳裏によみがえらせることができた。

やっと真相が読めたのは、あの記事のおかげだった。

どんな植物がどこに生えていても不思議はないという。たしかに、街の中に大麻草が自生していたという話も何かで読んだことがある。同じことが、もしこの学校の陸上部用グラウンドでも起きていたとしたら――。

逮捕された岩室は、それを見つけて狙っていた。いつかフェンスの内側に侵入し、手に入れてやろうと目論《もくろ》んでいた。だが悠長に構えてもいられなかった。陸上部員が草むしりを始めたからだ。そこでおれたちを大麻草のある場所から追い払うために、騒音に対する苦情という理由をこしらえ、投書までした。

その効果はほとんどなく、やがてはスリングショットでの威嚇《いかく》という荒っぽい手段に出るしかない状況になってしまった。

　そして、あの葉っぱを目敏《めざと》く見つけたのは岩室だけではなかった。もう一人、優等生として振舞わなければならないプレッシャーに喘ぎ苦しむあまり、それを欲した人物がいた。

　おれがいつ葉っぱの正体に気づいてしまうか、彼は気が気じゃなかったはずだ。また、あの葉っぱをこっちの目には、あと一度たりとも触れさせたくなかったに違いない。あれほど強引な手段で回収しようとした焦りは、なんとなく分かるような気もする。

《これでお昼の、ほ、放送を終わります》

相原につられたのか、おかしな具合に強張《こわば》った口調で放送委員が言うと、ぶちっとスイッチを切る音がした。

　拍手が沸き起こったのは、そのすぐあとだった。

　いや、沸き起こったというのは大袈裟《おおげさ》かもしれない。三十人いるクラスの中で手を叩いたのは、おれ一人だけだったからだ。

　どうして手を叩きたくなったのかよく分からなかった。その拍手が相原に向けたものなのか、それとも自分自身に対するものなのか、それもはっきりしないまま、おれは一人スピーカーに向かって手を叩き続けた。

にらみ

1

取り調べは午前九時きっかりに始まった。

あれから五分以上過ぎたが、片平成之《かたひらしげゆき》は、まだ一言も喋《しやべ》っていない。腕と足を組み、パイプ椅子の背凭《せもた》れに上体を預けたまま、唇を真一文字に結び続けている。

被疑者には軽々しく声をかけず、まずは値踏みするように相手をじっくりと眺め続ける。それが片平の流儀だ。

机を挟んだその向かい側では、保原尚道《ほばらなおみち》が俯《うつむ》いたまま、落ち着きなく身じろぎを繰り返していた。

時折り保原が上げる視線の行く先は、常に机の天板で止まっている。向かい側にいる刑事の方まで届くことはなかった。

やがて片平は、組んでいた腕をゆっくりとほどいた。

「ちょっと、こっちを見てもらえるか」

「……はあ」

保原の視線がようやく机上を越えて片平の方まで届いた。上目遣《うわめづか》いになっては取調官の心証を害する。そう気づいたのか、前屈《まえかが》みにしていた体も慌てて起こす。

「見覚えはないかな、おれの顔に」

片平の投げた問いに、保原はしばらく思案顔になっていたが、そのうち何かに思い当ったらしく、目を見開き、ぼそっと短い言葉を漏らした。「公判で……」と聞こえた。

「そう。あんたとおれは、法廷で顔を合わせている。ちょうど四年前だな」

微《かす》かに笑みを見せ、片平は続けた。

「事務所荒らしをやらかして手が後ろに回り、あんたは三回目の務めに行くことになった。たしか懲役五年だったよな。その判決が出た地裁の傍聴席でのことだよ」

「ええ。覚えています」

「あの裁判のときは、あんたはまだ二十代だったよな」

いま保原の頭にはかなり白いものが目立っている。彼が頷《うなず》くと、額にかかった白髪《しらが》が何本か頼りなげにはらりと揺れた。

「今年で幾つになった?」

「三十三です」

「羨《うらや》ましいね。こっちより二回りも下か」

片平は保原から視線を外し、わずかに目を細めた。

「本当のところ、おれはあんまり好きじゃないんだよ。〝にらみ〟って仕事はな」

警察用語でいう〝にらみ〟とは、刑事が公判を傍聴することを意味する。たいていは、その事件の取り調べを担当した捜査員が出向くのだが、都合がつかなければ他の刑事が代理で出ることもある。被疑者がいきなり供述を翻《ひるがえ》したりしないよう、「取り調べで自供したとおりに話せよ」と傍聴席の最前列から無言で睨《にら》みを利かせるわけだ。公判対策として重要な仕事の一つだと目されている。

片平は、事務所荒らしの捜査を、直接には担当していなかった。だから保原は、片平の顔を、あの公判のときまで知らなかったのかもしれない。だが傍聴席の最前列で、スーツの襟にバッジをつけた目つきの鋭い男が腕を組んでいれば、誰の目にもそれが刑事だとすぐに察しがつく。面識などなくても、にらみの効果は十分にあったはずだ。

保原のにらみには、片平が一人だけで出向いた。刑事は常に二人組のコンビで動くが、にらみについては単独で行なうのが通例だ。椅子に腰掛け眉間《みけん》に皺《しわ》を寄せる。それだけの単純な業務に複数の人員を割いていられるほど、犯罪者相手の仕事というものは暇ではない。

「わざわざにらみに出かけるのは、そこまで念を押さなければ不安でしょうがないからだ。つまり取り調べの段階で、ホシを完全には落としきっていないということだな。そんな半端な仕事は刑事にとって恥だと思うわけさ」

片平は机に両肘《ひじ》をついた。

「それにしても、妙な縁もあったもんだ。こういうのをいうんだろうな、腐れ縁てのは」

刑期が満了する前に仮釈放を受けたものの、出所してから半年も経たないうちに、こうして保原がまた逮捕され、今度は本当に片平が取り調べを担当することになった。その経緯を自嘲《じちょう》的な言葉で表現してから、片平は上半身を前に傾けた。

パイプ椅子が嫌な軋《きし》み音を発する。

相手に三十センチほどの距離まで顔を寄せられた保原は、ごくりと喉《のど》を一つ鳴らしてからまた俯き始めた。

「おれはあんたに、この取調室できっちり落ちてもらうつもりだ。――それじゃあ保原さん、一昨日《おととい》、五月十三日の夕方に起きたことを話してもらえるかな」

「……はあ」

ぺこりと頷き、視線を自分の太腿《ふともも》に落としたまま、保原は訥々《とつとつ》と語り始めた。

わたしは仮釈放を受けて保護観察中の身ですから、定期的に保護司の元へ顔を出さなければなりません。

五月十三日の夕方は、その保護司、石橋《いしばし》マサ江《え》さんのお宅を訪問する日時に当たっていました。

仮釈後、わたしは刃物を作る工場に就職することができました。しかし、いつの間にか犯罪歴を同僚に知られ、職場でいじめられるようになってしまいました。嫌がらせが相次ぎ、辞めざるをえないところまで追い詰められましたが、離職してしまったら最後、収入がなくなり生活できなくなります。

そこでわたしは、石橋さんが自宅に貯めているお金に目を付けました。

彼女が留守のときにでも、こっそり盗みに入ろうか。最初はそう考えましたが、なかなかチャンスが訪れません。石橋さんは家にいることが多く、滅多《めった》に留守にはしてくれませんでした。そこで、いっそのこと殺害してしまおうと考えたわけです。

石橋さんのお宅には農薬が置いてあります。五月十三日に訪問した際、それをこっそり失敬し、隙《すき》を見て茶の間に置いてある水差しに入れておきました。

ですが石橋さんは、なかなか水を飲もうとしませんでした。わたしは業《ごう》を煮やし、その水差しからコップに注いで、無理やり彼女の口に持っていこうとしました。そんなふうに強引なやり方で目的を果たそうとしている最中に、隣家の主婦に見つかってしまったのです。

慌てて現場から逃げましたが、隣家の女性には顔も見られてしまいましたから、いずれ捕まるに決まっています。そこで、警察の皆さんにお手数をおかけしてしまう前に、こうして自首した次第なのです——」

保原の話を聴き終えると、片平はゆっくりとした手つきで眼鏡《めがね》を外した。

「ところで保原さん」ふっと息を吹きかけ、縁なしのレンズについた埃《ほこり》を払う。「あんた、さっきから何をそんなにビクビクしているのかね」

「いえ、別に、ビクビクなんて……」

「そうかな。わたしの目には怯《おび》えているように見えるんだが」

片平は立ち上がった。部屋の隅に置かれた収納棚のところまで行き、備え付けてある紙コップにポットから茶を注ぐ。そして机のところまで戻ってくると、そのコップを保原の前に置いた。

「これを飲んでくれないか」

保原は手を出さなかった。

「遠慮しなくていいから」

「……はあ」

「飲んでくれとお願いしてるんだ」

片平がやや語調を強めると、保原の左手がようやく紙コップに伸びた。肘に定規を当てたかのような、真っ直ぐな動きだった。刑務所で身についた所作というものは、塀の外に出たからといって、急に抜けきったりはしない。

「味はどうだね。苦くないか」

コップの縁に薄い唇を接触させたまま保原は頷いた。

「どっちなんだ？　苦いのか、苦くないのか」

「苦いです」

「だろう。茶に限らず、飲食物を妙に苦く感じるのは、体にストレスが溜まっている証拠なんだよ」

ふいに片平は〝前へ倣《なら》え〟をするように、両腕を体の前方へ伸ばしてみせた。

「あんたも、こうやってみてくれ」

おそるおそるといった様子で保原も同じ動作をすると、

「次はこうだ」

片平は自分の両手に握り拳《こぶし》を作った。

「おれが『はい』というまで、拳はできるだけ強く握り続けること。いいな」

「……分かりました」

保原が拳を作ってから何秒かしたところで、片平は「はい」の合図を出した。

微かな鼻息を漏らしながら、保原は両腕の先端から力を抜いた。

「そうしたら次は、いまとは逆に、指をできるだけ広げてぶらぶらさせるんだ。十秒間の緊張と、十秒間のぶらぶらだ。これを三回繰り返す。いいな」

保原は片平に言われたとおりの動作をし始めた。

工場の仕事でそうなったのだろう。保原の爪には、機械油らしき黒い汚れがこびり付いていた。

彼は昨日の夕方に自首し、事件の目撃者である主婦、三宅友子《みやけともこ》による面通しを経《へ》て逮捕された。夜になってから留置場の風呂に入ったはずだが、落ち切らなかったようだ。

もう一つ、保原の指に関して気づいたことがあった。どこかで軽い怪我《けが》を負ったらしく、左の人差し指、中指、薬指の三本に、糸屑《いとくず》のような瘡蓋《かさぶた》ができている。特徴的なのは傷の位置だ。人差し指と薬指は第二関節の付近、中指だけは付け根のあたりについていた。目の前に手の甲をかざして三つの傷跡を線で結ぶと、ちょうどVの字形ができあがる。

この傷も職場で作ったものだろうか……。

いつの間にか、さっきまで青白かった保原の頬に、いくぶん赤みが差していた。

「どうだ？　ちょっと運動しただけでも、だいぶ緊張が取れたんじゃないか」

「……はい。そう感じます」

「じゃあ取り調べを再開しよう。――いや、その前に、被害者の容態を伝えておこうか」

石橋マサ江が救急車で搬送され、収容された先は、県立病院の集中治療室だった。担当の医者によれば、胃洗浄は無事に済んだが、七十五歳と高齢のため、もともと弱っていた内臓にかなりのダメージを負っている、とのことだった。

「要するに、予断を許さない状態が続いているわけだ」

そのように片平が説明すると、保原はわずかに目を潤ませた。

「少しでも被害者を気の毒に思うなら、この取り調べでは一から十まで正直に話してくれよな」

保原は返事をしなかった。代わりに、太腿に置いた手をまたきつく握り始める。指の動きに巻き込まれ、ズボンの布地が皺を作った。

「聞こえたか」

片平が念を押すと、ようやく首をすくめるようにして頷いたが、手はまだズボンを離さなかった。

「それからついでに付け加えておくと、うちの課長をはじめとしてみんな、この先あんたがまっとうに生きて行くことを切に望んでいる。これは嘘《うそ》じゃない」

保原は窃盗の常習犯だ。過去に複数回逮捕されているから、ここS警察署の刑事で彼を知らない者はいない。その点は保原の方も同じで、刑事たちの顔をほとんど覚えてしまっているようだった。

「さてと保原さん。何度も同じことを訊《き》いて申し訳ないが、もういっぺん、五月十三日の夕方に起きた出来事を喋ってもらおうか」

保原は、落ち着かない様子で、目の前にある紙コップに手をやった。握っては離す。何度も瞬《まばた》きを重ね、椅子の下で交差させていた足首をしつこく組み替える。繰り返し鼻をこすったり、目をこすったりもした。

そうして体こそ忙《せわ》しなく動かしていたが、結局、言葉を発する気配は、少しも見せなかった。

「どうした？　なぜ黙っている」

「あの……。さっきと同じことしか言えません」

「ほう。するとつまり、あんたが金銭の奪取を目的に石橋マサ江を殺害しようとした。これが真相なわけだ」

「……はい」

「まだ調書は取れんな」

天井を見上げ、片平はぽつりとそんな言葉を漏らした。

「どうもこの被疑者は、本当のことを言っていないような気がする。第一、保原尚道という男は盗みこそ働くが、人を殺《あや》めようとするほどの悪人では、決してないんだよな」

名前を呼ばれたせいか、保原は目をしばたたかせながら、片平の口元に視線を集中させた。

「おっと、すまんね」片平は顔を前に戻した。「保原さん。いまのはあんたに向けた言葉じゃないよ。おれには、ブツブツ独りごとを言う癖があるんだ。だから、考えていることが、ときどきうっかり外に出てしまう。まあ聞き流してくれ」

また片平は腕を組み、唇も結んだ。今度は瞼も閉じた。

時間だけが静かに過ぎ去り、壁に掛けた電波時計が午前十時を指したころ、外の廊下で微かに足音がした。こちらへ近づいてくる。

ややあって、取調室のドアがノックされた。顔を覗《のぞ》かせたのは、留置管理課の係員だった。

「休み時間ですので」

保原が係員に連れられ、部屋を出て廊下を遠ざかっていく。その先に設けられた別室で一息入れるためだ。一時間の取り調べごとに十五分の休憩を、被疑者に取らせること。そんな通達が県警本部から下ってきて、もう数年が経つ。

取調室に残された片平は大きく伸びをした。

そのうち、携行していた手錠をいじり始めた。自分の手にかけては鍵《かぎ》を使って外し、かけては外しを繰り返す。おかしい、と疑問を持ったときに片平がよくやる仕草だった。

被疑者に対する脅しともとられかねないから、取り調べの最中はやめておけ。そのように刑事課長からは注意を受けているが、一度ついてしまった癖はなかなか直らない。

「午後から、現場に当たってみるか」

こめかみのあたりを掻《か》きながらそう呟《つぶや》き、片平は椅子からゆっくりと立ち上がった。

2

S署から十五分ばかり走った郊外の田園地帯に、石橋マサ江の住居はあった。独り暮らしの主が入院し、いまは無人となった二階家。その門前で車から降り、建物を見やった。

小さな木造の家だった。建坪は十五、六といったところか。

マサ江の本業は農家だ。昔からの地主だから経済的には何の心配もないはずなのだが、七十五歳になるいまも、狭い土地で胡瓜《きゅうり》や玉葱《たまねぎ》を細々と作っていた。

家自体は小ぶりだが敷地は広く、母屋の北側には納屋も建っていた。そこに何種類かの有機リン農薬が保管されているとの情報は、すでに昨晩のうちから知らされている。

「失礼します」

一礼すると同時に囁《ささや》き声で断りを入れ、狭い門をくぐった。念のため母屋の周囲を一回りしてみる。犯罪の現場になった場所には、放火されたり、落書きされたり、ゴミなどが不法に投棄されたりすることが往々にしてあるのだが、いまのところは特に不審な点はないようだ。

ふっと一つ息を吐き出し、怒らせていた肩の位置をいくぶん下に落としてから、片平は玄関へと向かった。

立ち入り禁止のテープが張られた引き戸に、ゆっくりと鍵を差し込む。湿《しめ》り気《け》を帯びた木製の玄関戸は、ゴトゴトと音をたてながらもすんなりと開き始めた。

三和土《たたき》に足を入れようとして、だが片平は体の動きを止めた。

隣家との境目に背の低い生垣があり、その向こう側に一人の女が立っていた。歳は六十代半ばといったところだろう。ずいぶん痩せている。こけた頰にできた影がやけに濃く、首の筋もくっきりと浮き出ていた。

庭の手入れをしていたところらしい、女は細い手に移植ごてを持っていた。こちらを特ダネ狙《ねら》いの雑誌記者とでも思っているのか、眉根《まゆね》をわずかに寄せている。

「すみません、もしかして三宅友子さんですか」

事件の目撃者であり通報者でもある隣家の主婦。彼女の名前と風体についても、すでに知らされていた。

「ええ」

不信感はまだ消えないと見える。友子の右腕が僅《わず》かに震えた。移植ごてを持った右手にぐっと力をこめたせいだ。

「警察の者です」

こちらが名刺を差し出すと、それまで強張《こわば》っていた三宅の頬がようやく緩んだ。

「昨日は容疑者の面通しをしてくださったそうで、感謝いたします」

友子がS署でマジックミラー越しに保原の顔を確認していたころ、片平は所用でまだ他県にいた。保原の取り調べを担当するよう刑事課長に命じられたのは、昨晩遅くその出張から戻ったときのことだった。

「たびたびお時間を取らせて申し訳ないのですが、もうちょっとお話を伺えませんか。一昨日の様子を詳しく知りたいんです」

「その件なら、もう全部お伝えしていますけれど」

三宅友子が通報した先は、S署の市民相談窓口だった。事件の概要はその窓口から刑事課に伝えられているし、面通しの際に刑事課が直々《じきじき》に友子から聴き取った情報も、こちらの耳に入っていた。

だが、一度事情聴取をした相手だとしても、機会があれば何度でも当たる。それが刑事にとって普通のやり方だ。

事件発生直後は、誰もが興奮状態にある。そのため参考人の頭からは、大事な点がすっぽりと抜け落ちていたりする場合が多い。時間が経ち冷静になったとき、その重要事項がふと脳裏によみがえることも多々あるのだ。

「お手数ですが、もう一度お聞かせ願えませんか。一昨日の夕方、この家で目撃したことを、順を追って教えていただければ助かるんですが」

「……分かりました」

友子は移植ごてを地面に置き、生垣を跨《また》いでこちらへやって来ると、舌先で上の唇をくるりと舐《な》めた。

「あのときは、わたし、回覧板を届けにきたんです」

クリップボードを持ったつもりか、友子は左の腕を胸元で小さく畳んでみせた。

「そうしたら中で、マサ江さんの『ううっ』と唸《うな》るような声がしたんです。それから『いてっ』という男性の声も聞こえてきました。あと、ドタバタと畳を蹴《け》るような音も。これはただごとではないなと思って、わたしは怖さも忘れて、こうして覗いてみたんです」

さっき片平が遠慮して半分ほどしか開けなかった引き戸を、友子は全開にした。隣人同士、付き合いは浅くなかったのだろう。その手つきには、ここがあたかも自分の家であるかのような気安さが感じられた。

友子が三和土に足を進め、こちらもそれに続いた。

玄関を上がってすぐの部屋が茶の間になっていた。障子戸は開け放たれたままになっているから、三和土からも室内が見渡せる。十畳間の中央には円形の座卓があった。その横に置いてある長火鉢は、苦しむマサ江が蹴ったせいか、斜めに傾いていた。

友子は履いていたゴム長を脱ぎ、上がり框《かまち》に足を載せた。こちらも靴を脱ぎ、彼女に続いて家の中に上がり込んだ。

「そしたら、このあたりに」友子は長火鉢の近くを手で指し示した。「マサ江さんがぺたりと座り込んでいて、その真正面、わたしとマサ江さんの間で男の人が膝立ちになっていました」

「男は、どんな動作をしていましたか」

「それが、はっきりとは分からなかったんです。そのときわたしが立っていた位置からだと、三人がちょうど一直線上に並ぶ形になって、男の人の背中しか見えませんでしたから」

友子は頰に手を当てた。

「でも、マサ江さんの口の中に、何かを突っ込むような動きをしていたのは確かです」

茶の間中央の柱には、子供の背丈ほどもありそうな振り子時計が掛けられている。その黄ばんだ文字盤に顔を向けながら、片平は訊いた。

「それから、どうなりました」

「男の人がわたしに気づいて、急いで逃げていきました」

「この玄関からですか」

「はい。びっくりして三和土で棒立ちになっていたわたしの横を、すり抜けるようにして走っていったんです」

「逃げていったのはこの男でしょうか」

片平は背広のポケットから名刺サイズの写真を取り出した。胸から上の保原が写っている。警察署内で撮影されたマグショットだから、その例に漏れず、人相は実際よりもだいぶ悪い。

「ええ。この人に間違いありません。昨日の夕方、面通しっていうんですか、あれで確認したのも、この人でした」

「それから、どうされました」

「マサ江さんがぐったりしていたので、助け起こそうとしたんです。そのとき、畳の上に転がったコップが目に入りました。コップの底にはまだ液体が残っていて、顔を近づけてみると、ちょっと嫌な臭《にお》いがしていたので、中身が農薬だとピンときました。わたしも庭いじりが好きですから、すぐに分かったんです。ですから――」

記憶がよみがえって緊張したらしく、友子はガーデンエプロンの裾《すそ》をきつく握り締めた。

「自宅へ戻って、すぐに消防署へ連絡しました」

救急車が到着するまでの間に、友子は警察への通報も済ませていた。がりがりに痩せた外見とは裏腹に、いざという場合の胆力は持ち合わせているようだ。だが――。

柱時計の下には木製のスタンドがあり、そこにファックス兼用の電話機が設置してある。友子がもっとしっかりしていたら、わざわざ自宅へ戻らず、あの電話を使って通報していたことだろう。そうすれば救急車の到着が幾分早くなっていたはずだ。

「なるほど、分かりました。――ところで妙なことをお訊きしますが、三宅さんが見たところ、マサ江さんには自殺を企てるような動機はあったでしょうか」

「そんな素振りを見せたことは、一度もなかったと思います」

「では、マサ江さんは不注意な性格ではありませんでしたか」

マサ江本人が農薬を水差しに入れた、とは考えられないか。片平が探り始めたのは、その点だった。

「いいえ。どちらかと言えば慎重な方でしたよ。念のために言っておきますけど、認知症で呆《ぼ》けていた、なんてこともありませんでしたからね。ですから農薬については、第三者による混入という点は絶対に揺るぎません」

自分まで刑事になったかのような口調で友子は言い切った。

「分かりました」片平は咳払《せきばら》いで苦笑を押し隠した。「では、マサ江さんの評判は、このあたりではどうでしたか」

「もちろん立派な人で通っていますよ。保護司なんて、普通の人はなかなかやれませんもの。でもねえ……」

急に口ごもった友子を前に、片平がひょいと眉毛を上げることで続きを促《うなが》したところ、柱時計が午後二時を告げた。この時計のゴングはピアノを連想させた。左端にある鍵盤《けんばん》を叩《たた》けば、ちょうどこんな音が出る。

友子が再び口を開いたのは、時報の残響が完全に消えてからだった。

「ここだけの話ですが、噂《うわさ》では石橋さん、農家と地主と保護司のほかに、もう一つのお顔を持っていらしたようなんです」

呼称が「マサ江」から「石橋」に切り替わったことに、友子本人は気づいていないようだった。

「いわゆる金融業ですよ。業者の免許みたいなものは受けていませんでしたけれど、利息を取って知り合いの人にお金を貸し付けていたみたいなんです」

「ほう、そうですか」

初耳を装い、驚いたふりをしてみせたが、いま友子が口にした情報も、当然のことながらすでにつかんでいた。貸付先をマサ江が記録していた帳簿があるはずなのだが、それが消えていることも、昨晩行なわれた捜査の段階で判明している。

「刑事さんはもちろんご存じでしょうけれど、警察官にも借金で首が回らなくなっている方がけっこういるんですってね」

ええ、まあ、我々も普通の人間ですから。片平は曖昧《あいまい》な頷きで誤魔化《ごまか》したが、友子の言っていることは真実だった。

「彼女は保護司でしょう。そういう仕事をしているから、お巡《まわ》りさんともいろいろ付き合いがあったんです」

「警察官」に「お巡りさん」。また二種類の呼称を混同させながら、友子は声を潜《ひそ》め続けた。

「そういうふうにお金に困っている警察官のなかには、石橋さんから何百万も借りていた人もいるみたいですよ」

家の外へ戻った。友子は、来たときと同じように、低い生垣を跨いで自宅へと帰っていった。その後ろ姿を見送りながら、片平はまた手錠をいじり始めた。

その手をぴたりと止めるまで、あまり時間はかからなかった。

3

ちょうど二十四時間前にも、この部屋でそうしたように、片平は紙コップに茶を注ぎ、保原の前に置いた。

保原は自分の手をコップに伸ばそうとはしなかった。この点も昨日と同じだ。

「飲みたくないか」

「ええ、せっかくですが、喉は渇いていませんので」

そうか、と頷いたあと、片平は保原に、椅子を持って自分の正面に来るように命じた。

「……はあ」

パイプ椅子を手にした保原が机を回りこんで近寄ってくると、片平は手首を軽く捻《ひね》り、机上のコップを親指で指し示した。

「じゃあ、この茶はおれがもらおう。すまんが保原さん、おれに飲ませてくれないか」

「はい？」

「聞こえたろ。頼むよ」

忙しなく瞬きを重ねながら、保原が紙コップを手にし、片平の顔にそろりそろりと近づけていく。だが、コップの縁を相手の唇に触れさせる直前、保原はびくりと肩を震わせ、その手を引っ込めた。片平が大袈裟《おおげさ》に首を左右に振り始めたからだった。

「こんなふうに相手から拒絶されたとする。それでも飲ませたい場合、あんたはどうするかな」

「……と、おっしゃいますと？」

「もしもそのコップに入っているものが農薬だったら、口に入れた途端、変な味がするはずだ。そのまま飲み続けようとする人はいない。誰だって首を振って嫌がる。そんな相手に、正面から飲ませることができると思うか」

「……いいえ」

「だよな」

片平は保原に向かって手を伸ばした。紙コップをこちらによこせという意味だ。

コップを右手で受け取ると、片平は保原の背後に回りこんだ。そして、空いている左腕を、彼の首に緩く巻きつけた。殺し屋がターゲットの喉を掻き切るような体勢、などと表現したら不穏にすぎるかもしれないが、ちょうどそんな感じで顎《あご》を押さえ、保原の顔が天井を向くようにする。

「こういう体勢を取るのが普通じゃないか。真正面からというのは、少なくとも液体を飲ませるには適していない。だろ？」

「……そうですね」

「目撃者の証言によると、あんたは石橋マサ江の正面にいて、彼女の口に自分の手をやっていたという。これに異論はあるか」

「……ありません」

「しかしその動きは、いま言った理由で、農薬を飲ませようとしていたとは考えにくい。だったら何をしていたのか」

片平が保原の背後を離れ、元の位置に戻ったころには、保原の瞬きがだいぶ頻度を増していた。

椅子には座らず、立ったまま片平は眼鏡を外し、縁なしのレンズを天井の蛍光灯にかざした。

「怪我をしているようだな」

「……は？」

汚れのチェックを終え眼鏡をかけ直してから、片平は保原の左手に軽く顎をしゃくった。

「指の傷だよ。どうやってついたんだね」

「職場で、旋盤をいじっていたら……」

「そうか。だがおれの目には、どうも人の歯型に見えるんだが。もしかしたら、誰かに嚙《か》まれたんじゃないのか。たとえば石橋マサ江に」

保原の瞬きが止まった。小さな瞳が完全に焦点を失っている。

「はっきり言ってしまおうか。五月十三日の夕方、あんたは石橋マサ江に農薬を飲ませようとしたんじゃない。その反対に、彼女の口からそれを吐き出させようとしたんだ」

片平は続けた。マサ江の舌を押して嘔吐《おうと》反応を起こさせるために、あんたは自分の左手を彼女の口に突っ込んだ。それなら、彼女の正面に位置していたとしてもおかしくはないよな。そのとき、苦しむマサ江に指を嚙まれた。たまらず『いてっ』と叫んでしまったほど強くだ。それはともかく、あんたがやろうとしたことは、マサ江の殺害ではなく救助だったんだ――。

窓の方で微かにゴロゴロと音がした。《雷が鳴るのは午後からです》。今朝のテレビで自信たっぷりに言い切った気象予報士は、いまどんな顔をしているだろうか。

その遠い雷鳴が引き金になったかのように、保原は小刻みに震え始めた。

「だとしたら、石橋マサ江に農薬を飲ませたのはあんたじゃなくて、別の人物だったということになるよな。なのに、あんたは自分だと言い張っている。なぜそんな嘘をつく必要がある？」

「いえ、そ、それは……」

「要するに、あんたは誰かを庇《かば》っているわけだ。そうだな」

「違います。わたしが……」

「その誰かを仮にXと呼ぼうか。庇うぐらいだから、あんたとXは顔見知りなんだろう」

「いいえ。ですから、全部わたしが……」

「そうだとするなら、最も自然なストーリーはこうだ。いいか」

Xは石橋マサ江から金を借りていた。結局返済の目処《めど》が立たず、にっちもさっちもいかなくなった。

追い詰められたXは、マサ江殺しを企《たくら》んだ。彼女の家を訪れ、目を盗んで水差しの中にこっそりと農薬を入れた。他殺であることが簡単に分かってしまう手口だ。あまり利口なやり口ではない。だが、金貸しのマサ江に消えてほしいと思っている人物は少なくないはずだ。多数の容疑者に紛れて逃げ切れる、とXは踏んだ。

仕込みを終えたXはいったん辞去したものの、付近に留まり続け、石橋宅の様子を窺《うかが》っていた。マサ江が死んだらもう一度上がり込み、貸付の帳簿を持ち去る必要があるからだ。そこに自分の名前も書いてある以上、現場に残しておくわけにはいかない。

しばらくすると思惑どおり、マサ江は水差しから水を飲んだ。するとそこへ、保原、あんたがちょうど訪ねてきてしまった。しかも、苦しむ彼女を助けようとまでし始めた――。

保原は人差し指を釣り針のように曲げ、前歯できつく噛み始めた。

「ところが三宅友子にその現場を目撃され、気が動転してしまったあんたは、つい逃げ出してしまった。三宅は通報するために自宅へ戻った。その隙に、Xはマサ江の家に再び入り込んで帳簿を奪った」

保原は白髪だらけの頭髪に指を突っ込んだ。顔面はすでに蒼白《そうはく》だった。

「マサ江の家によく出入りしていたあんたは、Xの正体に薄々気づいていたんじゃないか。あんたは警察に出頭して、事情を正直に説明しようとした。ところがその前にXがあんたに接触してきた。職場でいじめを受けていたあんたは、世知辛《せちがら》い娑婆《しゃば》で生きて行くよりは刑務所に戻りたい、と内心で思っていた。そんなあんたに、Xはこう持ちかけた。『罪を被《かぶ》ってくれたら悪いようにはしない。ムショで必要なものがあれば何でも差し入れてやる。娑婆よりよっぽど天国だと思うが、どうだ?』」

一気にまくしたてたあと、片平は保原に背を向けた。窓際へ行き、外の景色に向かって目を細める。

今日の天気は朝からぐずついていた。取調室の窓から見える空には、どす黒い雲が重く垂れ込めている。

また雷鳴が轟《とどろ》いた。先ほどのものより、だいぶ近い。風も強くなってきたらしく、サッシの隙間から壊れた笛のような音が漏れている。そろそろ一雨来そうだ。

ガラスに映る片平の顔。唇の端《はし》がわずかに吊《つ》り上がっている。仕事をやり終えた満足の笑みだ。

ほぼ完全に落とした。あんたは嘘をついているんだね。そんな問いをもう一度ぶつけてみれば、今度こそ保原は机に額をつけるだろう。はい、申し訳ありません。刑事さんのおっしゃるとおりです。わたしは、ある人を庇っていました。その人物の名前は――。

五分ほどもそうしていただろうか。片平はゆっくりと体の向きを変え、いまだに頭を抱え続けている保原の方へ戻っていった。そして腰を屈め、肉の落ちた彼の肩にそっと手を置き、静かにさすってやりながら口を開いた。

「もう一度だけ訊こう。――あんたは嘘をついているんだね」

保原は顔を上げた。思ったより青白くはなかった。それどころか、いつの間にか、わずかに頬が紅潮していた。内心で、何かが吹っ切れたのかもしれない。

「いいえ。ついていません」

同時に雷鳴が轟いたが、保原の声は少しも掻き消されることなく、取調室の中にはっきりと響き渡った。

4

留置管理課の係員に連れられ、休憩室の方へ向かう保原の背中を目で追ったあと、片平は廊下の窓を開けた。

ピースを一本咥《くわ》え、火を点《つ》ける。

署内は全面禁煙だが、この時間、取調室が三つ並ぶこの一角へやって来る者は、先の留管係員ぐらいしかいない。誰に見咎《みとが》められる心配もなかった。

いよいよ本格的に雨が降り出し、雷の鳴る頻度も増したが、片平はそれでも窓を閉めず、煙草《たばこ》をふかし続けた。

「なぜだ……」

暗い空に向かって、煙と一緒に言葉を吐き出した。

「あそこまで追い詰めたのに、なぜ保原は落ちなかった……」

片平はピースの先端を目の前にかざすようにした。立ち上《のぼ》る紫煙の行方を、無言のまましばらく追う。そうしてから、まだ半分ほども残っている煙草を、携帯用の灰皿に放り込んだ。

「一つしか考えられんな。ここまで嘘をつき通そうとする理由は」

ゆっくりと窓を閉めた。

「おそらく保原は、誰かを庇っているというより、誰かに脅されているんじゃないか」

片平は腕を腰にやった。背広の裾を少し上げ、ベルトに取り付けたハンドカフケースにその手を持っていく。ボタンを外し、フラップを上げて手錠を取り出すと、それを自分の手にかけては外し、外してはかける動作を繰り返し始めた。

「おれに尋問されているあいだ、保原はずっと、何者かに無言の圧力を受けていたんじゃないだろうか。『本当のことを言うんじゃねえぞ』と……」

先ほどまで自分がいた取調室のドアを、片平は振り返った。

「つまりあの中で、おれが気づかないうちに、密《ひそ》かに行なわれていたってことだ」

ガチャリとわざと大きな音を響かせ、片平は手錠を自分の左手首にかけた。

「――にらみ、がな」

片平はもはや鍵を使わなかった。手錠をかけたままにした左手に、もう片方のリング部も持ち、顔の高さまで掲げてみせる。

「さて、このワッパを誰に嵌《は》めてやる？　きみなら」

片平は言って、縁なし眼鏡のレンズ越しに、わたしの目を真っ直ぐ見据えてきた。

渡された黒鉄《くろがね》色の輪に、わたしは視線を移した。

すでに覚悟はできている。

昨日の段階から、もう片平は保原の嘘を見抜いていた。だから、わたしとコンビを組んでいるこの先輩刑事が、近々こちらに手錠を向けてくるだろうことは、もちろん十分に予想していた。

昨晩は姿をくらますことも考えたが、結局やめておいた。生きた心地がしなかった、とは多くの逃亡者が捕まった際に述懐するところだ。

一つ想像を超えていたのは、自分で手首に当てたアルミ合金の感触だった。

それは、思った以上に硬くて冷たかった。

百万に一つの崖

1

終業時間まで、まだ少し間があったものの、わたしは課長席を立ち、コート掛けから上着を取った。

「医務室と経理課に行ってくる」隣席の課長補佐に早口でそう告げた。「あとはもう、ここへは戻らないで、そのまま帰るからな。よろしく」

「分かりました。お疲れさまでした」

「おう、お疲れさん。——じゃあ、お先に」

後半の言葉は、十人ばかりいる課員全員に聞こえるよう大きめの声で言い、わたしは自席を離れた。

終業時間を知らせるチャイムを聞きながら、社員厚生課の部屋を出ると、階段を使って一つ下のフロアへと降りていく。

会社の医務室は二階南東の隅に設けられていた。

【お知らせ　十二月十二日（火）に日本赤十字社の献血車が来社します。社員みなさんのご協力を是非お願いいたします】

廊下の掲示板に貼られた告知の紙にちらりと目をやったあと、すぐ横にあるドアをノックした。

「どうぞ」仁木田勇《にきたいさむ》の声で応答があった。「入ってください」

「失礼します」

仁木田は診察デスクについていた。机上に置いたタブレットと向き合っている。こう言っては失礼だが、歳の割にまごつくことなく使いこなしているふうだ。ぱっと見る限り、わたしよりIT機器の扱いに長《た》けている。

仁木田の専門は心療内科。プロフィールにある生年月日からすれば、六十代後半という年齢のはずだが、ずいぶん若々しく見える。

社員厚生課長という職にありながらも、健康状態に問題のないわたしは、滅多《めった》にこの部屋に来ることがなかった。

室内を見渡してみると、壁に何枚か絵が貼ってあるのが目についた。

「ああ、それね」

仁木田が、ぼそりと呟《つぶや》くような声を発した。顔はタブレットに向けながらも、視界の端《はし》でこちらの動きを捉《とら》えていたようだ。

「ご存じかもしれんが、精神医学の分野には、絵画療法というものがあって、その一環として患者さんに描いてもらったものなんだよ。課長さん、絵はお好きかな？」

「嫌いではありません」

実は中学生時代、美術部に所属していた。とはいえ、絵画や彫刻に興味があったわけではない。気になる女子生徒を追いかけて入部したというだけのことだ。

「精神科に来る患者は、言葉にしづらい心の苦痛を抱えている。そうした悩みも、絵を描くことで、ある程度まで解消できるんだな。そして治療者は、その絵に盛り込まれたイメージを通して、患者の心理を読み解いていくことができるわけだ」

「なるほど。そういうものですか」

理解半分の状態だったが、とりあえず深く頷《うなず》いておいた。そうしながら、わたしは、持参した封筒から嘱託状《しょくたくじょう》を取り出した。

「遅くなりましたが、嘱託状をお持ちしました。一部を先生の方で保管しておいていただけますか」

「ご苦労さん」

これでこっちの用事は済んだのだが、すぐに帰るというのも、あまりによそよそしい。

仁木田もそれほど忙しそうには見えないので、少々長居してもいいだろう。

部屋には、診察用の椅子のほか、カウンセリングの際に用いるソファも設置してあるが、まさかそちらに座るわけにもいかない。わたしは仁木田の横に置いてある回転スツールの方に腰を下ろした。

「先生、さっきから何をご覧になっているんですか」

「社員の電子カルテだよ。ここには総じて健康な人が多いね。結構なことだ」

「わたしの分はご覧になりましたか」

「いいや、まだだ」

だろうな、と思った。なにせこの会社は、農業資材の販売では県内最大手だ。社員数は五百人を超えている。

「目を慣らすために、病歴の少ない若い人の方から順番に見ている。管理職は後回しだ」

「わたしのを見たら、きっと驚かれると思いますよ」

「ほう。既往症がわんさか出てくるとか」

「いいえ。ちょっと違います」

「面白いな。分かった、じゃあ、小暮《こぐれ》課長、あんたのカルテを見るのは最後にしよう。

——ところであんたは、ゴルフ部のエースらしいね」

「よくご存じで」

「わたしも前に熱中したことがあってね」仁木田はクラブを振る真似をしてみせた。「そういう情報をつかむのは早いんだ」

「このところは疲れ気味でして。実業団の大会が近いのに練習する気が起きなくて困っていますよ」

「あんたは部員のみんなに頼りにされているわけだな。だったらなおさら怪我《けが》にだけは気をつけなさい」

そう、わたしは絶対に大きな怪我をしてはならない身だった。なにしろ、わたしの血液型は「ボンベイ型」という、百万人に一人しかいない特殊なものだ。輸血用の血液は常に不足している。

自分の難点は酒が好きなことだった。特に洋酒には目がない。そのくせ実は、それほどアルコールに強いというわけでもなかった。適量を過ぎると目が回って前後不覚になる。酒のせいで、過去に何度危ない目に遭《あ》ったか分からない。

「先生は、元々整形外科をご専門になさっていたそうですね」

「ああ。だけど、どうも向かなくてね。手術をしたあとは、いつも吐きそうになったもんだよ。早々に転科してよかったな」

「吉行《よしゆき》課長のご親戚だともお聞きしていますが」

経理課長、吉行惇彦《あつひこ》の顔が浮かんだ。吉行――先輩のわたしを差し置いて、次期の総務部次長になる男……。

吉行の名前を出すと、仁木田は遠くを見るような目をして、顔を綻《ほころ》ばせた。

「あいつは甥《おい》っ子だからね。わたしの姉の子だよ。小さい頃からよく知っている。きみがゴルフ部のエースだということも、あいつから教えてもらったんだよ」

「やっぱりそうでしたか」

以前に嘱託していた産業医が高齢を理由に辞めることになった。代わりを探していたところ、経理課長の叔父《おじ》が精神科医だということを知っていた社長が、直々《じきじき》に仁木田に就任を依頼した。

そんな経緯をざっと思い出しつつ、わたしは「ところで」と続けた。

「明日の旅行には、予定どおりご参加いただけますよね」

壁のカレンダーに目をやった。明日、九月十五日には『総務部内、A班社員旅行』と鉛筆で書き入れてある。あの端正な字が仁木田の筆跡であることは知っていた。

毎年恒例の秋季社員旅行。今回は隣県にある景勝地《けいしょうち》「岩見峡《いわみきょう》」を経《へ》て、その先にある温泉街へ向かう、という行程になっていた。行き先を選んだのはわたしだ。もちろん、自分がまだ行ったことのない場所という基準で決めた。幹事たる社員厚生課長自身が楽しめない場所では話にならない。

「実はね、岩見峡には、前に親戚一同で行ったことがあるんだ」

「それは存じ上げませんでした。すみません」

「いや、でも、社員のみんなと知り合いになる数少ないチャンスだから、ぜひわたしも行かせてもらうよ」

「ありがとうございます」

「そういえば、総務部内で人事異動があるそうだね」

「ええ。今日の午後、辞令が出ました」

「小暮課長はそのままかな」

「いいえ。実は、来月から、甥御さんに代わってわたしが経理課長をすることになったんです」

あらら、というように仁木田は眉尻《まゆじり》を下げた。「それは気の毒だな」

「気の毒？　どういう意味です」

「甥は、いまの仕事に就いてから、不健康そうだからね。すっかり笑顔が消えてしまった。だからきっと激務なんだろうと思ったんだよ」

そうだろうか。年に一度の会計監査の時期ならそれも分かるが、普段、経理課の連中が時間外まで仕事をしているのを見る機会は少なかった。

2

医務室を出たあとは、一階にある経理課の部屋に向かった。

課長の吉行は、自席の後ろにあるシュレッダーを使っていた。目を引いたのは、彼が手袋を嵌《は》めている点だった。

「お邪魔して悪いね。ちょっといいかな」

思い返してみると、吉行と最後に話をしたのは、もうかなり前だ。毎年十二月、献血車が社屋前の駐車場にやって来る。去年の師走に、それを屋上から一緒に見た。以来、言葉を交わす機会は一度もなかったはずだ。

吉行は振り返り、「あ、どうも」とわたしに頭を下げた。

「今度、きみの席に座ることになった。よろしく」

わたしは彼の前に歩を進め、今日受け取ったばかりの辞令を見せた。

「お忙しいところ、わざわざ出向いていただき、申し訳ありません。もうちょっとしたら、こちらから行こうと思っていました」

吉行は慌てた様子でシュレッダーを止め、革手袋を外しにかかった。

役職は同じ課長でも、わたしの方が吉行よりも一年先輩だ。二十五年前に吉行が入社したとき、研修期間に彼の指導係を務めたという縁がある。だから社内で顔を合わせれば、よう、と気軽に挨拶をしてきた。だが、それ以上の付き合いはなく、この男については実は何も知らないに等しい。

「気にするな」わたしは手を振った。「こっちは暇でね。たいした仕事もなくて困っていたところだ」

おどけた口調で言ったが、半分以上は本当だった。今日やった業務といえば、社員旅行の手配に問題がないかを、ツアー会社に確認したことぐらいだ。

わたしは、吉行がまだ手に持っている革の手袋を指さした。どうしてそんなものを嵌めているのか。そう訊《たず》ねようとしたが、彼はさっさとそれを机の抽斗《ひきだし》にしまってしまったので、質問を発するタイミングを逸してしまった。

吉行は別の抽斗を開けた。そこから辞令を取り出す。

「わたしはこっちに移ります」

「おめでとう」

【総務部次長の職を命ず】。その文字を目にしながら注意したのは、声が震えないようにすることだった。つまらん嫉妬《しっと》は男を落とすぞ――何かの映画かテレビドラマで聞いた、そんな台詞《せりふ》が頭をよぎる。

――来月から、おれはこいつの部下か……。

四半世紀前、右も左も分からない様子でおどおどしていた吉行の姿が思い出された。スーツのサイズが合っていなかった。人形が折り紙の服を着ているような違和感があった。その初々《ういうい》しさが、まだどこかに残っている。

「昔とは立場が反対だな。今度はこっちが生徒だ。よろしく頼むよ」

来週の頭から三日間は引き継ぎ業務に充てられている。会議室を借り切って、吉行と二人きりの仕事になるはずだ。

「こちらこそ」

ふと、昔読んだある小説の筋が思い出されたのは、経理課を後にし、社屋から出たときだった。

――こいつは、そっくりだ……。

その小説の主人公には、二人の人物が関わっていた。一人は、かかりつけの医師A。もう一人は仕事上のライバルB。AはBの父親だった。

Bの方が自分より先に出世しそうな状況になり、自分の立場を危《あや》ぶんだ主人公は考える。もしA医師に何か失態があれば、Bの評判は下がり、相対的に自分が浮上するはずだ、と。

そこで彼は、A医師から処方された薬のせいで病気が悪化した、と騒ぎ立てる。たしか、そんな筋になっていたはずだ。

主人公がわたし。Aが仁木田。Bが吉行。

人物の顔をはっきりと思い浮かべながら、わたしはその小説の筋をゆっくりと辿《たど》り直していった。

3

峠道《とうげみち》のきついカーブを曲がり終えると、バスの車体が、また一つぶるんと大きく震えた。

型の古い車両らしく、エンジンの音がやや濁っている。低速ギアに入れると揺れがいっそう酷くなった。下手《へた》をすると酔ってしまいそうだ。

わたしは腕時計に目をやった。午前十時半。予定では、正午頃に、この先にある岩見峡で休憩することになっている。最終目的地である温泉旅館までは、そこからあと十キロほどしかない。

途中、白壁の小さな建物の前を通った。「岩見村診療所」と看板が出ていて、その横には歪《いびつ》な形に曲がった松の木が一本植えてあった。

「この村にある医療施設といえば、あの診療所だけだよ。医師は常駐しておらず、村が雇っている女性の看護師が一人いるだけさ」

そう教えてくれたのは、わたしの隣に座った仁木田だった。

見ると、仁木田は今日も電子カルテを持参していた。

「これかい？」わたしの視線に気づいて、仁木田はタブレットをちょいと持ち上げてみせた。「いつ緊急事態が発生するか分からないからね。念のため持ってきた」

「でも、せっかくの旅行ですよ。そんな小さな画面より、雄大な外の景色を見ることをお勧めしますね」

「お気遣《きづか》いありがとう」仁木田はちらりとわたしの方を見ただけで、またすぐにタブレットの画面に目を戻してしまった。「小暮課長、そろそろカメラの準備をした方がいいよ。もう少し行くと大きな湖が見えてくるからね」

そのとおりになった。以前、この辺《あた》りを旅行したことがあるという仁木田の記憶力は、なかなかのものらしい。

そのとき、離れた席に座っていた吉行が、通路を歩いて近寄ってきた。

「お邪魔します」

補助席を倒し、そこに腰を落とす。手には洋酒のボトルを持っていた。

「どうも、叔父さん」

吉行は、わたしを飛び越し、仁木田に軽く頭を下げた。甥の挨拶に対し、仁木田の方は軽く手を挙げただけだった。

「ずいぶん揺れると思いませんか、小暮課長」

「帰ったら旅行会社に文句を言っておくよ」

「車酔いしない方法をご存じですか。いい手があるんですが」

「教えてくれ」

「簡単です。先に酔っぱらってしまうことですよ。――どうですか、一杯」

「いただこうか。――きみもどうだ、吉行課長」

吉行も車酔いをしたのだろうか、ちょっと顔色が悪いから、そう勧めてみた。

「せっかくですが、わたしは遠慮しておきます」

「そうか。でも、悪かったな」

「何がです」

「仁木田先生から教えてもらったんだが、きみもこのルートは前に旅行したことがあるそうじゃないか。一度来た場所じゃあ、つまらないだろう」

「そんなことはありませんよ。同じ場所を何度も訪れてこそ、学ぶことがあるというものです」

「ありがたい。幹事冥利に尽きるお言葉だ」

何度吉行から酒を注いでもらっただろうか。ふと思って時刻を確かめてみると、酔いに歪んだ視界の中で見た腕時計の針は、いつの間にか、長い方と短い方が十二の位置で重なろうとしていた。

ほどなくして、プシュッというブレーキの音を発し、車両が動きを止めた。運転手の横で、若い女性のバスガイドがマイクを口元に持っていく。

「皆さま、お疲れさまでした。休憩所に到着しました。ここには公衆トイレがございまして、その裏側は高い崖《がけ》になっています。見晴らしはいいですが、一部柵のない場所がありますので、十分にご注意ください」

社員たちがみな降りていっても、わたしはまだ座席に座っていた。すっかり酩酊《めいてい》してしまい、足腰が思うように動かなかったのだ。

「さあ、小暮課長、行きましょう」

「いや、おれはここで一休みしている方がよさそうだ」

「何を言ってるんですか。せっかくの景勝地ですよ。ちゃんと見物しておかなければ損ですって。どうぞ、わたしにつかまってください」

結局、吉行に抱えられるようにして、ふらつく足で立ち上がった。

仁木田は何か気になることがあるらしく、まだ持参したタブレットで電子カルテを睨《にら》んでいる。

「先生も早く行きましょう」

呂律《ろれつ》が回らず、おかしな発音になった。とはいえ、仁木田がかすかに頷いたところを見ると、ちゃんと伝わったようだ。

わたしは左右によろけながら席を離れた。そのとき、おっ、と仁木田が声を上げたのを聞いた。

わたしがバスを降りたところで、その仁木田が窓を開けた。

「小暮課長、それから惇彦。あんた方は、仲良くしなきゃいかんよ」

「先生、言われなくても、このとおりですよ」

こっちを抱きかかえている吉行の背中を、わたしはばんばんと叩《たた》き、わはははと笑ってみせた。

「この先も、決して離れちゃいかんぞ」

「分かってますって」

バスに背中を向けた格好で仁木田に手を振り、わたしは吉行の肩を借りながら、トイレのある方向へよたよたと歩いていった。ほかの社員たちはみな、トイレから少し離れた場所に設けられた展望台の方へ向かったらしく、周囲には誰もいなかった。

「ちょっと飲み過ぎたようですね。すみません。わたしのせいです」

吉行はこめかみのあたりに指を当て、恐縮の素振りを見せる。ふらついてトイレの壁に手をつきながら、わたしは彼の肩を叩いた。

「殊勝《しゅしょう》だな、きみは。そうだ、おれがこんなに酔っぱらったのは、全部おまえのせいだ」

もう一度、わはははと笑い声を上げてやると、吉行も苦笑した。

「この裏手にいい風が吹いていますよ。ちょっと新鮮な空気を吸いませんか」

「おう。そうしようそうしよう」

トイレの裏手からは、遠くの山並みを望むことができた。酔いの回った目には、なだらかな稜線《りょうせん》もぐにゃぐにゃと曲がって見える。

いわゆる「自撮り」をしようと思い立ち、わたしはストラップで首からぶら下げていたスマホを手にした。カメラを起動させ、向きをアウトからインに切り替える。そのときだった。

「あ、小暮課長、危ないっ」

突然、すぐ耳元で吉行の声がした。同時に、わたしの腕と肩に、彼の手が触れたのが分かった。

次の瞬間、わたしの目はさらに激しく回っていた。

4

目が覚めるとベッドの中にいた。

二人用の部屋だが、隣のベッドは空きのようだ。

首をわずかに捻《ひね》ることができるだけで、あとはまったく身動きがとれない。首を少し持ち上げてみて、その理由がよく分かった。手足の関節部分に、プラスチック製の固定具が取りつけられている。

枕元には見舞いの品々らしきものが置いてあった。「祈、ご快復！」「課長、みんな待ってますよ」などと寄せ書きされた色紙も立てかけてある。

周囲には医療機器が置いてあるが、プラスチックの表面は日に焼けて黄ばんでいた。素人《しろうと》目に見ても粗末なものだと判断できる。

ここが村の診療所だと分かったのは、窓から大きな、歪な形に曲がった松の木が見えたからだった。

ナースコールのボタンが目に入った。とりあえず押してみる。

現れたのは仁木田だった。もう一人、看護師らしき女性が、彼の後ろに控える形で入室してきた。

「こちらは診療所に常駐している看護師さんだ」

仁木田に紹介され、看護師がわたしに向かって軽く会釈《えしゃく》をする。「タケダといいます」

彼女は、白衣の上から薄緑色のエプロンを着けていた。エプロンの胸につけたネームプレートには「竹多」とある。

女性看護師が腰を折ったので、こちらも軽く首を曲げたところ、首が猛烈に痛んだ。

「無理をしなくていいよ」

「何があったんですか」

「転落したんだ。昨日の昼間、岩見峡の崖からね」

——あ、小暮課長、危ないっ。

思い出されたのは吉行の声だった。

酩酊して、トイレ裏の崖から転落した、ということだ。

——救急車っ。呼んだ。どこに運ぶ。こんな田舎《いなか》だぞ、病院はない。診療所だけだ。医者がいないだろうが。いるだろ。誰だ？ 仁木田先生だよ。よし、すぐ呼んでこいっ……。

これらは、朦朧《もうろう》とした意識の中で耳にした声の数々だ。内耳《ないじ》の辺りで、わっと一斉に再生されたせいで、耳を塞《ふさ》ぎたくなった。

「……どんな具合なんですか、わたしは」

「手足の骨と、あばらが何箇所か折れている。何しろ崖の高さは七、八メートル近くあったからね」

骨折の本格的な治療はまだらしい。これから大きな病院に移り、そこで手術を受けてもらう、ということだった。

「それから、木の枝が脇腹に突き刺さっていた。それを除去する手術だけは、わたしがここでやっておいた。幸い、顔は無傷だ」

仁木田は鏡を差し出してきた。頭にも包帯が巻かれていることに、それを見て初めて気づいた。

「酒はもうやめます。一生、一滴も飲みません」

わたしの言葉に、ふっと仁木田は笑いを漏らした。

「そう深刻にならずに。思いつめると傷の治りが遅くなるもんだよ」

「社員たちはどうしました」

「こんなことがあった以上、旅行は当然中止だ。みんな昨日のうちに帰ったよ」苦笑まじりにそう説明したあと、仁木田はわたしの枕元を指さした。「小暮課長の携帯電話だけど、そこにある荷物の中に入れておいたから」

「ありがとうございます」

「失礼だが、端末の中身をちょっと見せてもらったよ。救助したとき、カメラが起動した状態になっていたからね。もしかしたら、記録されているかもしれないと思ったんだ。転落したときの状況が分かるような画像がね」

「何か写っていましたか」

仁木田は首を横に振った。

「そうですか……」

カシャリ。スマホの端末が発した撮影音を、吉行がかけてくれた「危ないっ」の声と同時に聞いた。そんな記憶が、ぼんやりと脳裏に残っているのだが、気のせいということか。

仁木田が出ていった。だが、竹多という看護師は動かなかった。その場に立ったまま、じっとわたしの顔に視線を据えている。

「……どうかしましたか」

竹多は一度廊下の方へ目をやった。

そうしてから病室のドアを閉めて、わたしの方に近寄ってきた。彼女は手に、四角い装置を持っていた。ポータブルの動画プレイヤーのようだ。

「こんな粗末な診療所ですが、最低限の手術道具はそろっています。オペの様子を録画する装置もあります。小暮さんが仁木田医師から受けた応急処置の手術は、わたしが記録しておきました」

「……そうですか」

「これを見てください」

竹多がポータブル動画プレイヤーのスイッチを入れた。

小さな画面に映し出されたのは、脇腹に刺さっていた枝を除去する手術だった。節くれだった灰色の枝を仁木田の手が抜き取ると、一拍置いてから、わたしの脇腹から、急に勢いよく血液が溢《あふ》れ出してきた。

そこで竹多はプレイヤーの再生を止めた。

「おかしいと思いませんか」

「どこがです」

「出血のタイミングです。刺さっていた枝を抜き取ってすぐ血がどっと出てきたのならわかりますが、抜いてから出血までちょっと間があるんです」

言われてみればそうだった。

「この映像では仁木田医師自身の体が邪魔になって見えませんけれど、わたしははっきりと確認しています」

「……何をです」

「誤って、メスで切る必要のないところを切ってしまったことをです」

「……つまり、仁木田さんがいわゆる医療ミスを犯した、ということですか」

竹多が頷くと同時に、わたしはまた例の小説の筋を頭に思い浮かべていた。

5

首を少しでも捻ると、背中から太腿《ふともも》にかけ、いまだに鈍痛《どんつう》が駆け抜けていく。

わたしは両肘《ひじ》を机に置いた。手の平で器を作るようにし、そこに顎《あご》を嵌め込んで顔を固定する。そんな姿勢で新聞を広げていると、一つの記事が目に留まった。

【民事裁判の分野において、医療過誤訴訟は、長期審理の代名詞として扱われてきた。最高裁が発表した調査結果によると、その平均審理期間は二十四・二か月だという。確かに、この数字は通常の民事訴訟の三倍近くだ。だが近年、少しずつその審理に変化が表れてきている。従来の医療過誤訴訟では、患者側に不利な判決が出ることが多かった。ところが、徐々に患者の不利を是正する傾向が強まってきた。最近では医師側からみて明らかな過失と考えにくい事案でも、医療側が敗訴するケースも増えている】

訴訟を煽《あお》るようなその記事から目をそらし、わたしは宙を睨んだ。

仁木田の立場が悪くなれば、必然的に吉行の地位も危うくなる。それはわたしにとって大きなメリットだ。

余計な出血さえなかったら、もっと早く回復していたはずなのだから、仁木田の行為が医療ミスに当たることは確実だ。訴訟を起こすことは可能だろう。自分の体を徒《いたずら》に傷つけられたと思うと、納得できない気持ちが当然、強い。

そしてこっちには、証拠のビデオと竹多看護師の証言があるのだ。裁判を起こせば勝てるのではないか。

だが、わたしは訴訟沙汰《ざた》などいままで一度も経験したことがなかった。

依頼するなら、医療過誤訴訟を専門に手がけている弁護士でなければ駄目だろう。そのぐらいは分かるが、そんな人材がどこにいるのか。どこで紹介してもらえるのかも見当がつかない。また、医療側のミスを立証するためには、専門知識を持った医師の証言が不可欠だ。この点でも金がかかるはず。そういう費用と労力を考えたら、訴えを起こそうなどという気には、なかなかなれるものではなかった。

そんなわけで、仕事に復帰してからも、これからどう行動を起こせばいいのか判断がつかず、日々わたしは迷っていた。

ふと窓から外を見ると、社屋前に設けられた広い駐車場に白い大型の車両が停まっていた。献血車だ。

「課長、ちょっとよろしいでしょうか」

課長席の前に立っていたのは、去年から経理課にいる入社五年目の男性社員だった。

「事業課の予算なんですけど――」

「待った待った。いまは昼休みだろうが。きみはもう飯を食ったのか」

「食べました」

「だったら一時になるまで昼寝でもしとけ」

「いいえ、こっちが」社員は手にしている書類を持ち上げてみせた。「気になって休む気になれません」

困ったやつだなと思いながら耳を傾けてやることにした。

「銀行に預けてある残高と帳簿上の金額が合わないんです」

「そんなわけあるかい。もう一度計算してくれよ」

「何度もやったんですが」

「もう一度だ。それでも合わなかったら、原因を突き止めてくれ」

それは課長の仕事でしょうに、とでも言いたそうな顔を、相手は作った。

「頼むよ。課の仕事に限って言うなら、きみの方がおれより先輩だろ。こっちに訊《き》かれても困るんだ」

男性社員は胸を膨《ふく》らませ、息を止めた。溜め息をつきたいのを我慢していることがありありと分かる声で言った。「分かりました。やってみます」

「ああ、頼む。――それから、もう献血には行ったのか」

会社の規則で、献血中も勤務時間と見做《みな》されることになっている。

「まだです」

「行くといい。記念品はもらえるし、簡単な人間ドックの代わりになるしで、いいことずくめだ」

献血に協力すると、約二週間程度で「生化学検査成績」なるものが届く。これには、総蛋白《たんぱく》やコレステロール値などが記載されているため、手軽に自分の健康状態を確認することができる。

「いいえ。血を抜かれるなんて、怖くてぼくには無理です」

「成分献血にすればいいだろ。需要の多い成分だけをくれてやって、あとの成分はもう一回体内に戻すという方法もあるんだよ。採血も返血もゆっくり行なうから時間がかかるけれど、そのぶん仕事をサボれると思えば悪くないだろう」

「課長はお詳しいですね。何度も献血なさっているんですか」

「一度もない」

そう言い置き、わたしは課の部屋を出た。

社員食堂で昼食をとったあと、十階までエレベーターで上がり、階段を休み休み上がって屋上へ行った。

わたしは自宅近くの大きな病院で、血液を定期的に採血してもらい、ストックしている。それは、不測の事態が起きたときに、自分で使うためだ。この身に流れる赤い液体。その希少さと価値を思えば、見ず知らずの誰かのために、おいそれと、ただ同然で提供する気になど、とてもなれはしない。だから、この日ばかりは肩身が狭く、足は自然と、一人になれる場所に向いてしまうのだった。

屋上には、吉行の後ろ姿があった。去年と同じだ。彼は柵に両腕を載せ、下を覗《のぞ》き見ている。片手には飲み物の缶を持っているようだ。

わたしは吉行の隣に並んで立った。

「献血車が来ていますね」社屋前の駐車場を見下ろしながら吉行が言った。「名前をつけてあげましょう。ドラキュラ号ってのはどうですか」

「怒られますよ」

後輩に向かって語尾を敬語にすることには、予想以上の屈辱を覚えた。とはいえ、相手はもう次長。役職はこっちより上だからしかたがない。

それにしても、今日の吉行はやけに陽気な様子だ。

彼は持っていた缶のプルトップを開けた。プシュッと威勢のいい音がした。よく見ると、吉行が手にしていたのはビールだった。ノンアルコールだろうが、まだ昼間だ。褒《ほ》められたものではない。

わたしも上から献血車を見下ろした。

その直後、あることに気づいた。

ほぼ同時に吉行がこちらへ顔を向けたところを見ると、自分でも気づかないくらい小さな声で、おそらく「あ」と声を上げていたようだ。

どうしてこんなことをいままで見落としていたのだろう。

「次長。わたしが仁木田医師から応急手当の手術をしてもらったとき、当然輸血が必要だったと思うんです。でも、わたしは特別な血液型なんですよ」

これまで、診療所に輸血用のボンベイ型血液が保管してあったのだとばかり思い込んでいた。だが落ち着いて振り返ってみれば、田舎の小さな医療施設に、そんなものが用意してあるとは考えにくい。

　また、わたしが血液をストックしている大病院は、あの診療所から二百キロ以上も離れている。一刻を争う事態に、それほどの遠方から取り寄せている時間の余裕はなかったはずだ。

　だとしたら、輸血用の血液は誰が供給してくれたのか。

　考えられる相手は一人しかいなかった。

「次長とは、去年も献血車が来たときに、こうして屋上で会いましたね」

「そうでしたね。――いや、もうこっちが上の立場だから丁寧語は止めていいですか」

　この吉行の言葉に、いまのわたしは平静でいられた。「どうぞ」

「そうだった」

「それは、どうしてですか」

「小暮課長はどうしてだ」

「自分が献血できなくて、肩身が狭いからです」

「わたしも同じ理由だ」

「次長は、シュレッダーを使うとき、手袋をしていましたね」

「ああ」

「なぜですか」

「万が一にも怪我をしたくなかったからだ」

「もしかして、次長も血液型は――」

「きみと同じだよ。ボンベイ型だ」

「……ありがとう、ございました」

仁木田がわたしに対して犯した医療ミス。その窮地《きゅうち》を救ってくれたのは吉行だった――。

「いいんだよ」

このとき吉行の頬が赤く染まっていることに気づいた。よく見ると、彼が手にしていたビールは、ノンアルコールではなく、普通のそれ、つまり酒だった。

吉行はビールの缶をこっちに差し出してきた。

「すまないが、これを片づけておいてもらえないか」

「え?」

わたしはわけが分からないまま缶を受け取った。

「じゃあ、これで。――いままでお世話になりました。先輩」

言葉の後半で後輩に戻った吉行は、胸の辺りまである柵に片足をかけると、もう片方の足で反動をつけ、柵を飛び越えた。そして躊躇《ちゅうちょ》する素振りを見せることなく、屋上の縁から宙に身を投げた。

あまりに突然のことで、そして一連の動きは一瞬だったから、その間、わたしは一歩も動くことができなかった。

6

翌日、二階廊下の掲示板に貼られた紙は、【献血車が来社】から【社内マラソン大会のお知らせ】に変わっていた。その横には告知の紙がもう一枚、画鋲《がびょう》でとめてある。こちらの標題は【社員の死亡について】となっていた。

医務室のドアを開ける。仁木田は今日も白衣を着ていたが、サイズが合っていない。丈《たけ》が短かった。

「何をどう間違えたのか、自分で洗濯してみたら急に縮んでしまってね」

薄く笑ってから、仁木田はいきなり真顔になり、じっと目を合わせてきた。

「失礼だが、顔色がすぐれないようだね。よく眠れていないと見える」

「おっしゃるとおりです。いろんなことが立て続けに起こり過ぎて」

「分かるよ」

呟くように言い、仁木田は目を伏せ気味にした。頬の影が以前よりも濃い。不眠という点では、どうやらこの医師も同じらしい。

「で、今日はどうしたね。睡眠導入剤が欲しいなら、処方箋を書いてやるが」

「それは必要ありません。――実はこのところ、繰り返し頭に浮かぶ光景があって、それが消えないんです」

「どんな光景だね」

「絵を描いてみてもいいでしょうか」

「そうしたいというのなら止めないよ。ただし無理に描いてしまうと、抱えている不安を悪化させてしまう場合がある。それでもいいかな」

「かまいません」

仁木田が画用紙と色鉛筆のケースを差し出してきた。わたしはケースを開き、黒色のペンシルを手にし、切り立った崖と四角い建物を描いた。そこに二人の人物を描き加え、それぞれの頭上にA、Bと文字を書き込む。さらに、Aの顔には、赤い色で斜線を引き、首にペンダント状のものをぶら下げた。

そうしてから、最後にもう一人の人物Cを、画用紙の隅に描き添えた。

「繰り返し頭に浮かぶ光景とは、この場面かね」

「そうです」

「で、このAは何者なんだろうね」

仁木田は一人目の人物を指さした。

「ある会社に勤めている男で、次期、経理課長になる予定の人物です。ついでに言うと、顔が斜線なのは酒に酔っているという意味で、ペンダントのように見えるのは首からぶら下げた携帯電話です」

「だったら」仁木田の指がその隣に移った。「こっちのBは誰？」

「Aと同じ会社にいる男で、経理課長をしている人物です」

「ほう。この建物は？」

「公衆トイレです」

「離れたところにもう一人いるね」仁木田は画用紙の隅を指さした。「これは何者かな」

「この人は医師です。Bの叔父でもあります」

「なるほど。……どうやら、この絵には続きがありそうだね」

「ええ、そのとおりです」わたしは仁木田の顔を覗き込むようにした。「どんな続きだと思いますか？　先生は」

「おそらくだが、Aが崖から転落するんじゃないのかね」

「おっしゃるとおりです。そのときBはAに『危ないっ』と声をかけ、Aの腕に触れるんです」

「それで？」

「Bは自分を助けようとしてくれたのだ。そのようにAはずっと思い続けます。ところが、あるとき気づくんです。果たしてそうだったか。本当は逆だったんじゃないのか。つまり

Bは『危ないっ』と口では言いながら、実はAを突き落とそうとしたのではないか、と」

続けて、と仁木田が目で促《うなが》してくる。

「では、なぜBはそんなことをしなければならなかったのか？　例えば、こんな理由が考えられます。Bは立場を利用し、会社の金を横領していた。ところが突然の人事異動で、経理の責任者という地位を手放さざるをえなくなった。このままでは横領がバレてしまう。どうする？　そうだ、後任の課長に消えてもらえばいい。そうすれば、もうしばらく時間稼ぎができる、と。だからAを崖から突き落として殺そうとしたんです」

「話はそれで終わりかな」

「続きがあります。――突き落とされた瞬間を、Aはスマホのカメラで撮影していたんです。そして、この人物が」わたしは隅に描いた三番目の人物Cを指さした。「その画像を見て、すべてを察するんです」

仁木田はじっとわたしを見据えている。わたしも目をそらさなかった。

「Cは、Aに応急処置を施す傍《かたわ》ら、甥であるBを守るために画像データを消去します。ひとまず安心というところですが、すぐに別な心配が頭をもたげてきます。Bが再びAの命を狙《ねら》うかもしれない、という心配です。しかし、Cには打つ手がありました。医者である彼は知っていたんです。AとBが同じ特殊な血液型であることを」

ならば、とCは考えた。Aの体をわざと傷つける。そしてBに輸血させればいい、と。

そうすれば、Bはもう二度とAを手にかけようとはしないだろう。人間は、自分が助けた相手を傷つけることはできないものだ。

そんなことを一通り話し終えてから、わたしは、開いたままにしていた色鉛筆のケースをぱたりと閉じた。

「自分なりにこの絵を解釈すると、そういう物語が浮かんでくるのですが、先生はどう思われますか」

仁木田は何ら言葉を口にすることなく、ただ静かな目に薄く涙を浮かべるだけだった。

解説

小池啓介《こいけけいすけ》
（書評ライター）

感覚を研ぎ澄まして読みたい。ミステリー小説は、自らの想像力を働かせて一言一句の裏を読む――そういった注意深さによって愉しみが幾重にも増していく読み物であるけれど、短編集『にらみ』は特にそんなふうに紹介したい一冊だ。

本書は二〇一八年三月に光文社より刊行された単行本の文庫化である。七作の短編が収録された短編集で、作品同士の内容に繋がりのないいわゆるノンシリーズの作品集だ。今回の『にらみ』文庫化時点で、著者の長岡弘樹は本書を含め十九作の作品を刊行している。大半は短編集、あるいは連作短編が長編の姿を見せるような形式をとっていて、短編型の書き手と呼んで差し支えないだろう。また、なんらかの共通するテーマ／モチーフをもとに統一感をもたせたり、作中の世界を同じくするものが多く、純粋なノンシリーズ作品は比較的少ない。刊行順に挙げるなら、単行本デビュー作『陽だまりの偽り』（二〇〇五年。現・双葉文庫）、第六十一回日本推理作家協会賞短編部門を受賞した表題作を含む『傍聞き』（二〇〇八年。現・双葉文庫）、『波形の声』（二〇一四年。現・徳間文庫）、『赤い刻印』（二〇一六年。現・双葉文庫）、本書、そして本書と同年に刊行された『道具箱はささやく』（祥伝社）の六作品となる（厳密には、『傍聞き』と『赤い刻印』の収録作中には関連する作品が存在している）。

各話の執筆時期に着目すると、最初におかれた「餞別」が二〇一〇年、最後の「百万に一つの崖」が二〇一七年にそれぞれ雑誌掲載されている。その他の作品もこれら二作のあいだの期間において別々の年に発表された。バラエティに富んだ読み心地がするのは、異なる題材を扱ったノンシリーズ作品であることに加え、各々が書かれた時期の幅広さにも由来しているはずだ。さらに発表順に並んでいることもあって、二〇一〇年代に優れた短編ミステリーの書き手としての評価を着々と高めていく長岡弘樹の歩みを様々な角度から感じ取れる格好の一冊になっている。

それでは収録作を順番に見ていきたい。

冒頭の一編、「餞別」（『小説宝石』二〇一〇年六月号掲載）の主要人物はふたりの暴力団構成員だ。弟分の渋江が若衆頭の身代わりで警察に出頭するため、兄貴分の徳永がその付き添いを務めることになる。その道行きで徳永は突如ホテルに立ち寄り、用途が不明な部屋を借りさせるなど渋江にさまざまな指示を出す。奇しくもホテルには徳永と因縁のある元暴力団員の辻本が潜んでいた……。徳永のどこかちぐはぐな行動に注意を引く構成は、その時点で意図が判然としない人間の行動や、ことさらに意味を感じないながらも記憶に残る光景の意外な〝含み〟が明らかになる、長岡ミステリーの定番ともいえる特徴に通じるものだ。しかし、終盤にはそれに輪をかけて大胆な試みが待ち受けているのである。『小説宝石』二〇一八年四月号のメールインタビュー記事（現在、本の総合情報サイト「ブックバン」でも公開されているので是非ご覧いただきたい）で、長岡は本作におけるミステリーの趣向を「操り」と表現している。誰が誰を操っているのかという観点から作品を俯瞰すると、張り巡らされた因果の糸が無数に見えてくることだろう。

続く「遺品の迷い」（『小説宝石』二〇一一年八月号掲載）では、親子の関係にまつわる心理の機微がなにかに〝言寄せる〟かたちによって描かれる。実の親から捨てられ、遺品整理業を営む飯島に養子として育てられた月也が視点となる人物だ。養父の会社で働く月也は、新しく雇った社員の教育係を任されるのだが、新入社員の羽野は六十歳の男性で、彼はその年齢に戸惑いを感じる。この戸惑いこそが、長岡作品をミステリーとして見た場合の「謎」だ。不思議の感情がひとの心に兆す瞬間を、長岡は日常の風景のなかでさらりと、それでいて印象的に描く。おそらく題材とは直接の関係をもたない小さなワンアイデアから膨らませたと思しきサプライズが温かな読み心地を生み、なおかつ最後にもう一捻り加えて主人公の感情が浄化される様を表現する手並みが心憎い。

収録作品のなかで――事件が起こり犯人を推理する――謎解きの〝定型〟に最も接近した一編が、ふたりの小学生の交流を描いた「実況中継」（『宝石ザミステリー2』二〇一二年十二月）である。草野球の試合観戦の場で少年たちは知り合う。視覚にハンディのある小学五年生の司に、六年生の恭平が目の前で行われる野球の試合状況を語って聞かせようとすることで、彼らは友情を深めていく。そんな矢先、恭平の父親が何者かに襲われ意識不明となる。犯罪があってそこに犯人の奸計が巡らされている明確な構図は、長岡作品では珍しい部類に入るものだ。謎が解明に至る過程と片方の少年の心情の変化が重なり合うのがこの短編の美点であり、彼が真実と向き合う幕切れの苦味は本作に成長小説の趣を与えている。

先述した『小説宝石』掲載のメールインタビュー記事で長岡は、読者の立場での好みを問う質問に対し「好きなタイプの小説は、一つのアイデアを可能な限り際立たせて描いたもの」と自らの嗜好を語っている。これは書き手としての創作法にも当てはまると捉えて良いだろう。「アイデア」とは必ずしもトリックだけを意味するものではないが、ここまでに紹介した前半の三編「餞別」「遺品の迷い」「実況中継」は、極めてトリックに近いアイデアが核となる作品といえる。

短編集の真ん中に位置する「白秋の道標《みちしるべ》」（『宝石ザミステリー3』二〇一三年十二月）は、そんなシンプルなワンアイデアだけではなく、いくつかのアイデアを並べ、それぞれが存在感を発揮した先に大きなテーマが浮かび上がるところに〝旨み〟がある。離婚した医師夫婦の関係の内実を描く物語で、妻の麻耶は不妊治療を続けてきたが新たな命を授かることはなく、夫の俊輔がする代理母出産の提案にも頑なに応じない。そしてふたりはついに別れを決意した。物語のキーとなる登場人物が複数人登場し、場面に関しても、前半は俊輔の医院での健康診断とその後のある行為が描かれ、中盤は夫婦と麻耶の母の三人による登山とそこで遭遇する出来事になるように、がらりと様相を変える。他の収録作と比べてページ数にさほどの違いはないにもかかわらず本作に〝厚み〟を感じるのは、転換の妙もさることながら各場面に大小のサプライズがいくつも仕込まれているからである。

本書では主要人物がふたり――つまり二者間の関係が物語の軸を形づくっている短編が多い。「雑草」（『宝石ザミステリー２０１４冬』二〇一四年十二月。「雑草の道」改題）は、その最小限の人間関係にツイストを効かせた技巧的な作品だ。陸上部員の矢口と成績優秀な生徒会役員の相原が、その〝ふたり〟である。陸上部の活動に対する苦情の投書が中学校に届いた矢先、部員を狙ったと思しき鉛玉が矢口と一緒にいた相原に怪我を負わせるのが発端となり、続いて陸上部員たちによる犯人捜しがはじまるのだが、どういった炙り出し方をするかに作品の眼目がある。登場人物も読者も等しく先入観に翻弄されていく、収録作品中もっともミスリードの技巧が冴える一編である。

表題作「にらみ」（『宝石ザミステリー２０１６』二〇一五年十二月）は、ほぼ全編が刑事と容疑者のいる取調室内での対話形式で進む一幕劇。「餞別」と同様に長岡の本領からはおそらくはずれた仕掛けが施されており、その〝ギミック〟を成立させるためにこのシチュエーションが選ばれたという見方もできる。容疑者として登場するのが窃盗の常習犯でもある保原だ。今回は盗みではなく保護司の女性を毒殺しようとした疑いで逮捕された。かつて彼の「にらみ」に出向いたことのある片平が取り調べを担当することになるが、片平は保原が何かを隠していると直感する。自分に不利になる嘘を突き通そうとする容疑者の真意に迫りながら、予想外の場所に解答が配置されていたことが分かる最終局面の驚きは一読忘れがたい。長岡短編が、ワンアイデアの切れ味をとことん突き詰めた作品と、複数の合わせ技によってテーマをじっくりと浮かび上がらせる作品とに区分されるとすれば、「にらみ」は前者の筆頭と呼べるに違いない。

掉尾を飾る「百万に一つの崖」（『ジャーロ　62号』二〇一七年十二月）では、百万人にひとりしかいないという血液型「ボンベイ型」が物語の鍵となる。その希少な血液型をもつ語り手の小暮は冒頭から、次の人事異動で一年後輩の吉行が自分より上の役職に就くことを知り屈辱をおぼえている。そんな語り手をさらなる不幸が襲う。屈託を抱えながら社員旅行の幹事を予定通り務める小暮だったが、吉行と彼の叔父で会社の産業医の仁木田も参加する旅行の途中、崖から転落し重傷を負ってしまうのだ。衝撃的な事故を経てからの終盤の怒濤のような伏線の回収が本編の肝である。収録作最後の短編は、会社内での思惑が交差する果てに明らかになる事実が複雑な情感を漂わせて終わる。リドルストーリーとまでは行かないが、敢えて誰の口からもはっきりとした〝答え〟をいわせずに物語に幕を引く――長岡が好んで使う余韻を感じさせる手法だ。

以上七編、ひとつとして似通った題材、シチュエーション、あるいはミステリーとしてのトリックのない、多彩という一言に尽きる短編が並んでいる。シリーズキャラクターや共通するテーマも設けず、それぞれの一編に集中し、一期一会の驚きを読み手に届けようという書き手の強い意欲が感じ取れる作品ばかりだ。

先に「その時点で意図が判然としない人間の行動や、ことさらに意味を感じないながらも記憶に残る光景の意外な〝含み〟が明らかになる、長岡ミステリーの定番ともいえる特徴」と書いた。長岡ミステリーの根底にある特徴、あるいは長岡らしさは確かにある。けれども、それが似通ったパターンの乱造に陥らないのは、自らの〝ブランド〟を守りながら、絶えず――テーマ、手法あらゆる点で――新たな領域を開拓しているからにほかならない。

二〇一〇年から二〇一七年の長い期間にわたって発表されてきた本書収録作たちが、その事実を雄弁に物語っている。ノンシリーズ作品は〝開拓〟の第一歩となることが多いのだ。たとえば「餞別」の大掛かりな仕掛けは、二〇二〇年にテレビドラマ化され長岡の名をミステリーファン以外にも知らしめた『教場』（二〇一三年。現・小学館文庫）からはじまるシリーズのある短編に親和性を見出すことができる。「実況中継」で描かれた子供の成長は、「傍聞き」に登場した刑事・羽角啓子と娘の菜月を再登場させた連作集『緋色の残響』（二〇二〇年。双葉社）に通じていくものだろう。二〇一四年から雑誌連載が始まった医療ミステリー連作『白衣の嘘』（二〇一六年。現・角川文庫）は、医療の世界を扱った「白秋の道標《みちしるべ》」なくしては書かれなかったのではないか。

いうなれば、短編集『にらみ』には、自らの手練手管を磨き上げ、かつそれを広げていった長岡弘樹という書き手の作家活動が凝縮されているのである。できれば本書以外の著作とも併せてお読みいただきたい。そして冒頭に書いたように、ぜひとも感覚のすべてを研ぎ澄まして——何度も繰り返し——読んでいただきたい。そのたびに、きっと新たな発見があるはずだ。

参考文献

『警察の裏側』小川泰平（イースト・プレス）

『死因不明社会　Ａｉが拓く新しい医療』海堂尊（講談社ブルーバックス）

初出

餞別　「小説宝石」二〇一〇年六月号

遺品の迷い　「小説宝石」二〇一一年八月号

実況中継　「宝石　ザ　ミステリー2」（二〇一二年一二月）

白秋の道標　「宝石　ザ　ミステリー3」（二〇一三年一二月）

雑草　「宝石　ザ　ミステリー　２０１４冬」（二〇一四年一二月）※「雑草の道」改題

にらみ　「宝石　ザ　ミステリー　２０１６」（二〇一五年一二月）

百万に一つの崖　「ジャーロ」62号（二〇一七年一二月）

二〇一八年三月　光文社刊

※この作品はフィクションであり、実在する人物・団体・事件などには一切関係がありません。

光文社文庫

に ら み

著 者　長《なが》 岡《おか》 弘《ひろ》 樹《き》

2021年1月20日　初版1刷発行

発行者　鈴 木 広 和
印 刷　堀 内 印 刷
製 本　ナショナル製本

発行所　株式会社 光 文 社
〒112-8011　東京都文京区音羽1-16-6
電話 (03)5395-8149　編 集 部
8116　書籍販売部
8125　業 務 部

ISBN978-4-334-79137-7　Printed in Japan

組版　萩原印刷